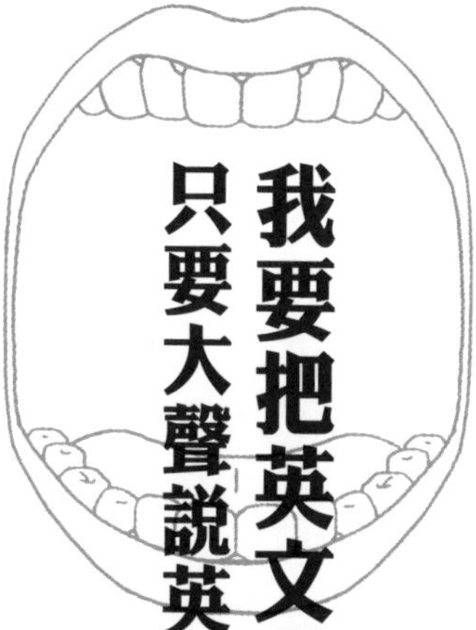

# 我要把英文學好：只要大聲說英語，就可以做到！

郭世運 著
林侑毅 譯

【進入本書之前】

# 38歲之後，發現英文有趣又簡單

英文既容易、有趣又簡單。

聽到這句話，各位讀者有何反應呢？多數人的反應似乎都是「騙人」。三十八歲以前，我應該也是這種反應。然而三十八歲之後，只靠著一張嘴訓練英文後，我才明白英文簡單、容易、有趣的道理，也敢大言不慚地宣揚這個道理。以我學習的方法教授家中三個小孩，更獲得了驚人的成果。

重點就在我完全脫離傳統式的英文教育。兩個月之間，我自己**每天拿著英文書大聲朗讀五到六個小時，當作英文文法根本不存在一樣**，對孩子們則增加學習強度，練習過單字後再大聲朗讀英文。因爲孩子們讀的都是英美最有趣的小說，他們覺得有趣又好玩。

從結果來看，也許有人會這麼想：這些小孩應該都是天資聰穎的吧！不過根據之後我教授其他學生英文的結論，只要是天資中等以上的小孩，任何人都可以達到這樣的效果。

只不過最重要的是：**不教文法、不要把時間浪費在發音上、杜絕以解題為主的教育**。以這些條件爲前提，**加強學習單字的強度，選擇有趣的小說大聲朗讀，並且善用聽力資料（或是VCD），如此就能輕鬆征服英文**。

完全摒除所有人重視的文法，並不是爲了節省時間，而是因爲**文法本身就是有害的**。這是我自己十多年來學習英文以及教授英文所得出的結論。

還有，**讓孩子從解題式的教育中解放，取而代之的是讓他們閱讀有趣的小說**。以這種方式訓練，那麼之後在面對大學模擬考時，他們就能在二十分鐘內完成題目了。很多「直讀直解」的方法，事實上無異於詐欺。將句子分解成一個一個的區塊加以分析後，再重新結合掌握整句的意思，這種方法怎麼能稱作是「直讀直解」呢？

**文法也與詐欺沒有兩樣**。怎麼說呢？教文法的老師總會說服學生與學生家長說：「如果想學好英文，得先有系統地學好文法。」

但是在這些眞正的文法老師當中，幾乎沒有人能夠開口說英文，或是以英文寫作。反倒是幾乎沒有教孩子英文文法時，他們更能輕鬆地學會口說與寫作。如果練習以文法解題，那麼就能順利回答句子內的文法題目嗎？完全不是這樣的。只會因爲鑽牛角尖的分析而平白浪費時間。

總而言之，推行了六、七十年，發現最後失敗了，就得重新再研議；沒有持續推動的必要，就應該廢除，說的就是文法。**文法好，不見得英文就好；不會文法，也不見得英文就會更差**，讓孩子閱讀趣味的英文書籍來代替文法教學，孩子不僅不害怕英文，在閱讀英文書的同時還能培養英文實力，何樂而不爲呢？

首爾大學與延世、高麗大學的學生，不僅無法閱讀《哈利波特》（Harry Poter），甚至無法讀《巧克力冒險工廠》（Charlie and the Chocolate Factory）的原文書，原因就在於他們也是以解題訓練來準備大學考試。因此，要以相當於美國小學高年級程度的大學入學考試程度來閱讀英文小說，當然困難重重。

現在英文教育得回到正軌了。在閱讀書籍時，必須拋棄想要理解而加以分析的習慣，也要脫離文法上的鑽牛角尖而花費兩倍以上時間的愚昧。

英文既有趣又簡單。正如本書所強調的，**將口說練習生活化，輕鬆自在地培養英文語感**，並且在能夠使用英文的時候就盡量使用英文吧！**小說選讀原文書，避免翻譯本**，那麼你就能夠了解閱讀是多麼地奧妙，對文章意義的掌握又進步到什麼樣的程度。

單單學好英文一項，一切就會有所不同了。除了最基本的上好大學外，**只要奠定好英文的堅實基礎，自己能夠發揮的舞台就變廣了**。國際機關組織、國際金融機構、跨國企業、國際NGO等組織，全都成爲自己能夠參與的舞台了。只要加強與自己所學領域相關的英文，就不需要在這狹窄的土地上，爲了微薄的薪資而爭得頭破血流，也才能夠走向世界的舞台。

過去可曾想像聯合國秘書長、國際刑事法院主席、世界衛生組織總幹事會是由韓國人出任嗎？如今已是連藝人也站上國際舞台的時代，就算是體育選手，也得用英文受訪。之前在美國LPGA賽事中，韓國女將不是獲得太多優勝，最後好不容易被抓到的弱點竟是英文嗎？大會甚至一度緊急聲明，如果英文沒有到達一定的程度，就要限制出賽不是嗎？因爲英文不好，連發揮自己本身優秀能力的機會都爭取不到，不知會有多鬱悶啊？在這裡分享一個有趣的故事。在一次高階官員記者會上，記者質問一位以不當手段累積財富，最後事蹟敗露而辭職的官員，當初爲什麼要這麼做。那一位前官員回答的話眞是一絕：「早知道我會當到高官的話……」

沒錯。體育選手會知道將有採訪的機會嗎？對於自己身處快速全球化的時代，我是深刻地感受到了。**在這個時代，只有英文準備好的人可以優先取得機會**，機會來了才想要準備，就已經太遲了。

如果有人想要將自己的事業拓展到美國，卻因爲不會說英文而感到懊惱，我會冷靜地對他說：「你沒什麼好不開心的。」如果要這麼追究的話，沒有人不感到懊惱的。這種人就是在敵軍已經殺到眼前，卻還說「等我做好準備」的人。沒能事先準備好英文而錯失這個機會，沒有什麼好懊惱的。重要的是**事先徹底準備好英文的人，最後才能掌握機會**。就好比近來有許多女性活躍於國際舞台上，讓人對她們感到既驕傲又欣喜。

期盼各位讀者能事先做好準備，成爲以全世界爲舞台實現自我夢想的人。透過本書，輕鬆自在地學好英文，並成爲自我專業領域中的佼佼者吧！

我將如此輕鬆法的英文學習教學視爲自己的使命與事業。**透過這種方式，讓大家輕鬆、有趣、簡單地學習英文，向上提升英文實力**。期待日後下一代所帶領的社會來臨時，他們能夠成爲領導全世界的人物。

在這麼浩大的工程中，我若能參與其中，那將會是無上的光榮啊。

不過，這不是以一己之力所能完成的工程，希望有志同道合者能同心協力，懷抱將英文教育導回正途的使命，共同成就這項任務。

期盼我所出版的這本書，能對強調文法來建構英文教育的這個社會，以及就算找來外籍教師，也一樣讓他們以英文講授文法的病態社會，敲下一記當頭棒喝。爲了寫作這本書，我準備了十年的時間。

有些人在網路上看到強調最好別學文法的人，一下子就打岔說：「你自己學過文法，才會說那種話啊。」爲了回應這些聲音，這十年來我幾乎沒有教過任何一個文法，而是提高單字訓練的強度，再讓學生大聲朗讀英文。我親自做了這樣的實驗，也以我的三個小孩爲實驗對象。

除此之外，以這種方法學習的許多學生及他們的家長，都能提出證明。這些證明的內容，就穿插在本書當中。

不管是誰，都能證明用這種方法學習英文是最有效的。**如果以這套方法學習後，英文還是不好的話，可以向我提出抗議**。我一開始還不明白，以爲這個學習法只是我所發現的眾多英文教育法之一，不過在多方打聽之下，才了解這是實際上唯一有意義的正統英文學習法。

就像我以這種方法挑戰這個病態的英文學習社會一樣，各位讀者也可以在讀過本書後，向我提出任何挑戰與評價，我將會倍感榮幸與感激地以任何理論與證據回答。希望在這樣的過程中，各位的英文能夠提升到更好的階段，就算只有一點也好。恭候各位讀者犀利的批判與忠告，並祝福各位讀者平安健康。

二〇一〇年二月　郭世運

【前言】

# 對你最有幫助的學習法

## 大聲說英文學習法的誕生

市面上的英文學習法多如牛毛，這些學習法各有各的理論，也有證據能證明這些方法所帶來的效果，以及使用這些方法贏得勝利的人。但是最後挑戰英文失敗的人依舊多過成功的人，足以讓這金額高達數兆的英文學習市場顏面盡失。

至今仍有不計其數的人深陷英文的泥淖無法脫身，掙扎著尋找堅固的新救命繩。

他們斟酌著是否要抓住垂入泥淖中的繩子，好確認那是不是一條堅固的繩子。當然，所有的繩子都擺動著尾巴，一邊說：「我才是眞的，我可以救你出去！」然而多次受到欺騙的人們，早已抱著深深的猜忌。垂下繩子的人們會說：「你們只得放下心中的猜忌才行啊。」在這些繩子當中，也有一條是我親自編出並丟下的繩子，我的繩子就是「大聲說英文學習法」。這個學習法是融合了我的經驗，還有日後建立的理論所誕生的。

在英文文法上，我是非常有信心的人。在求學時期，因爲是接受以英文文法爲主的教育，當然全心全意都在文法上，一路保持著優秀的成績，最後升上大學。**但是光只有文法好，嘴巴卻無法真正說出英文**。

進入職場後，我必須學會日文。曾經有過這樣的經驗：當時同事都上補習班補日文，但是我認爲日文補習班的進度太慢，於是胡亂地買了日文書與錄音帶，一天練習三、四個小時，完全忽略文法，如此專注於**大聲朗讀與聽力大約三個多月，結果日文程度與上日文補習班一年半左右的同事差不多**。

透過這樣短時間反覆朗讀來學習語言的方法，其來源可追溯自二次世界大戰參戰國美國，當時爲了短時間內培養出翻譯兵而實施的ASTP陸軍特殊訓練計畫（Army Specialized Training Program簡稱）。其實這個方法在三個月內就看得到效果，在一九五〇年代發展爲「聽說教學法」，以其創新的理論獲得世人認同。

日文雖然用這種方法看到了效果，不過用這種方法學習英文，卻是在非常偶然的機會下。三十八歲時，因爲有一件我想挑戰的事，急需英文認證分數，在短短兩個月內必須超過一定的分數，於是回想起過去學習日文的經驗，在完全排除文法學習的情況下，**兩個月內反覆朗讀英文聖經，讀到聲音沙啞**。

**果然，這種方法會帶來成功**，以這個經驗爲基礎，我也讓家中的三個小孩讀英文。按照我曾經做過的方法，讓孩子們**大聲朗讀英文書，並且要求他們背單字，但是幾乎沒有教授文法**。讓家中三個小孩進行非正式的實驗後，結果大兒子在六個月內、二女兒和小兒子在八個月內，就超過英美同齡小孩英文的程度。當然，原本三個小孩的英文完全是門外漢的程度。

從英文泥淖中獲得解救的三兄妹，正穩健地朝自己的夢想之路邁進。大兒子目前在美國康乃爾大學就讀，並獲得學期表現四．〇滿分的成績，最近多虧以大聲說學習法通曉阿拉伯文，得以至約旦大學擔任交換學生；二女兒雖然畢業於普通高中，不過目前正在萊斯大學準備藥學研究所；小兒子克服了類自閉症，正在外語高中準備留學。

看到我家小孩在短時間內獲得極大的成果，許多人都說他們是英文天才。但是要有異於常人的頭腦，才稱得上是天才，我家小孩的頭腦並沒有特別之處，甚至小兒子還患有類自閉症，二女兒也是畢業於普通高中啊！

完成非正式的實驗後，我想將這個方法傳授給更多學生，因此開設了一間小學堂，致力於讓孩子從英文的泥淖中獲得解放，看見幸福的世界。當然，因此從英文當中獲得幸福感的小孩不計其數。

透過我家小孩與許多學生獲得證實，同時也讓我感到相當自豪的**最簡單英文學習法**，我將它命名為「**大聲說英文學習法**」，於是我的救命繩便誕生了。

## 打破英文的魔咒

一般人對英文似乎帶有牢不可破的魔咒。總覺得只有非常特別的人才會英文，自己好像不屬於這個圈子。但是**英文也是語言，如果是那麼困難的語言，就不容易作為語言繼續使用下去**。在英國或美國，程度不好的小孩也是用英文向媽媽討零用錢。是王爾德說過的話嗎？在法國，小孩也都說法文。

那麼，爲什麼英文會在國內引起這麼大的問題？與韓國同樣使用烏拉爾－阿爾泰語系的芬蘭，有百分之五十以上的民眾使用英文進行溝通，爲什麼我們就這麼害怕英文呢？

我認爲，**如果無法打破英文艱深困難的魔咒，那麼就算讀再久的英文，站在英美人面前，終究一句話都說不出口**。

如何打破這種魔咒呢？還是一句老生常談：「只要靠練習就能打破。」可是練習也有非常多的方法，**拋棄先前嘗試過後證明沒有效果的方法，使用理論上或實證上都得到了證明的方法，那麼學英文一點也不困難**。

就像到處都有危言聳聽的預言家一樣，英文教育這一領域也有招搖撞騙的預言家。他們主張TOEFL或TOEIC成績高才是英文好的證明，爲了獲得高分，一定要在自己的補習班努力讀書，並且在所有的媒體上大打廣告。然而新聞也曾經報導過，這些學生進入美國名校後，有百分之四十四的人中途放棄。

靠自己累積出相當的實力，熟悉英文的語序，並且自然流利地使用英文，具備這樣的能力才稱得上是眞正的實力，而不是在補習班訓練出的那種實力。

透過閱讀，可以解決靠自己累積眞正實力的困難。**輕鬆又簡單地擺脫英文魔咒的方法，我建議使用「大聲說英文學習法」。**

# Chapter01

# 是什麼讓你產生英文恐懼？

格鬥選手在格鬥時，拳頭必須反射性地回擊才行，
邊思考邊打格鬥，當然無法獲得勝利。
同樣的道理，英文必須經過不斷練習，
直到聽到英文的當下能夠立刻回答；
熟悉英文語感，直到能反射性地說出英文為止！

# 害人不淺的英文文法

## 讓學生閉上嘴巴的文法教育

對許多人而言，英文是一座難以攻破的城池。從出生前在媽媽的肚子裡就開始接觸的英文，究竟爲什麼不見進步？從各個角度來思考這個問題後，我認爲英文教育最大的問題，就在於過度強調文法。

我敢信心十足地說，**就算不教文法，也可以透過閱讀自然說出符合文法的句子**，我親身見證過這種效果，也是正遵循這種原則教學的人。

曾經有人問我：「英美學生不學文法嗎？」不過英美學生所學的英文文法，與我們學生所學的完全不同。舉例來說，在美國ＳＡＴ（Scholastic Assessment Tests簡稱，意指學術評估測試）英文寫作文法中，最具代表性的題目形式是「下列句子當中，如果有文法上的問題，該如何修正才是最自然的？如果沒有錯誤的話，請選擇5。」

要用現在所學的英文文法找出這類題目中錯誤的地方，幾乎不可能。「選出更自然的句子啊……」，長期經過英文文法的洗禮，這些題目看起來大多沒有文法上的問題，因此無法順利答題。根據目前在美國求學的大兒子所言，解決這類英文文法題目的方法，不是大量閱讀英文文法書籍，而是要多閱讀負責美國大學入學考試的「College Board（www.collegeboard.com）」所推薦的書籍，接著在考試前的幾個月，集中精力專攻題庫，才是獲得高分最快的捷徑。

很多英文文法的問題，在於**毫無意義地分解句子**，加以分析後，再進行直讀直解。讓學生像讀本國文課本一樣，自然地唸出英文句子，以英文理解英文才是正確的啊！分解句子翻譯成本國文後，再全部重組以掌握句子的意思，**這種方式對英文實力的養成毫無幫助**。

與過去相比，目前文法在考試中所佔的比例，已有明顯的減少，在大學入學考試中也幾乎沒有出現，因此也可視爲英文教育已有了一定程度的改善。但是在學校與補習班，卻有60~70%的時間被用來教授文法，這只能視爲是教育提供者的一意孤行。在學校考試出三到四題的文法題，幾乎已經是普遍的現象了。爲什麼要爲了佔不到十分之一的文法題，而花費這麼多的時間教文法，實在令人無法理解。

有趣的是，英美的大學入學考試與國內情況恰好相反，英文文法題目佔有相當大的比重，美國SAT的英文寫作中，也出現了許多英文文法的題目。可是這就像前面所提到的，是爲了培養更正確地寫作英文所必備的英文文法。去年夏天，大兒子從美國回來時，曾經有這樣一段談話。

「老大啊，你妹妹馬上就要考SAT測驗了，你可不可以教你妹妹出題方向和韓國完全不同的英文文法啊？」

「不是我不想教，想要獲得SAT文法更高的分數，就得多讀美國College Board推薦的書。我在讀民族史觀高中時，老師都會向學生強調要多讀推薦書。」

因此二女兒按照哥哥所說，埋頭苦讀推薦書，甚至從頭到尾讀完大兒子也好不容易才讀完的維吉尼亞．吳爾芙的《燈塔行》（To the Light house）。經過這樣的努力，從普通人文高中畢業的二女兒，也獲得了美國大學排名前二十名校的入學許可。

常看到**許多學生小學階段可以立刻說出英文，一升上國中，變得不再開口說英文，只是專注於學習文法與閱讀，最後口說能力幾乎完全喪失。**

在我所經營的小學堂內，因爲幾乎不教文法，每到升上國中那段時間，就會有學生跳槽到其他以文法教學爲主的補習班。如果要說最後文法因此變得很強，倒也不盡然。反倒是原本可以指出句子當中錯誤文法的人，因爲只集中學習文法，連可以指出句子中錯誤文法的能力都退化了。因爲**只用耳朵聽文法，並不是內化為自己實力的文法，所以老師教過後立刻就忘掉了**。同樣地，**即使背再多的單字，如果無法在小說中比較該單字如何使用，也會立刻忘記**。**因為這樣學到的文法容易忘記，所以幾乎沒有任何幫助**。

透過許多實例，可以證明沒有繼續再學文法的必要。坦白說，牛津大學與劍橋大學出版社文法書籍最暢銷的國家，就是韓國與日本，這兩個國家會是全世界英文最差的國家，不是沒有道理。看看網路書店外國書籍暢銷排行榜的前十名，牛津或劍橋的文法書經常有兩三本入榜，就可以明白其中的道理。

**對於英文文法，我已經不認為那是「沒有幫助的方法」，而是認為那根本就是「有害的方法」**。文法之所以有害，在於以文法教育爲主的人，大部分使用所謂直讀直解的方法：將句子一一拆解分析後，再重新組合掌握整句的意思。學生也因此學到了這種錯誤的習慣。舉《巧克力冒險工廠》書中的一段話爲例。

「He was standing very still, holding it tightly with both hands while the crowd pushed and pulled all around him.」

如果有這種句子，以文法教學爲主的老師會像這樣將句子拆開後，加以分析說明。

「他站著／非常安靜地／用兩手緊緊抓住那個／在群眾推擠拉扯時／全部在他身邊。」

接著再重新組合成「他在身邊所有群眾推擠拉扯時，兩手緊緊抓著那東西，非常安靜地站著。」並加以解釋。用這種方式重新組合，再來理解句子。

不知道是誰將這種拆開句子分析後，再重組掌握句子意思的方法命名爲「直讀直解」，實在是貽笑大方。這完全稱不上是「直讀直解」，而且用這種方式學英文，基本上比用英文理解英文還要多花兩倍的時間。

我教英文的方法完全不同，一次解說完句子。我只告訴學生一次「他在身邊所有群眾推擠拉扯時，兩手緊緊抓著那東西，非常安靜地站著。」如果有非常困難的部分，就再深入說明，不過並不會太詳細地解說。那麼學生該如何理解每一個部分的意思呢？**只要將當天學過的內容大聲朗讀七遍甚至十五遍，就能更輕鬆、快速地理解每一個部分的意思**。

老師爲了方便學生吸收，將句子一切再切，好放入學生腦袋中，這對學生培養眞正的英文實力會有幫助嗎？還是大聲朗讀過幾次，讓學生自己體會出意義，對學生培養眞正的英文實力才會有幫助？

能夠透過這種方式自行體會出意義的話，之後就算沒有將句子拆解分析，也可以達到用英文理解英文的程度。雖然多數人會抱持著這樣的疑問：「如果沒有經過將英文翻譯爲本國文的步驟，能夠立刻理解原文嗎？」不過相信讀者親自練習後，一定會認同這才是學英文最道地的方法。

英文基本上不是不用翻譯，反而因爲持續不斷的試圖理解，使理解力越來越好。英文要以英文的方式來解釋，才可以更快掌握其意義。

曾有人對我的說法提出質疑。

「聽說老師所開設的小學堂，既沒有教直讀直解，也沒有教翻譯是嗎？」

「我們只訓練學生學會一段句子，也不會出翻譯的作業給學生。」

「那麼要如何知道孩子英文實力有進步呢？既沒有讓學生學習英文翻譯，也沒有教直讀直解啊。」

**「英文能力只能用英文來測驗，除此之外無法了解英文實力進步多少。」**

「這是什麼意思呢？」

「在我所開設的小學堂內，每兩個月實施一次level up測驗，大部分都是以英文進行的。這時候從英文答題的正確率來看，就能知道英文實力進步了多少。我們的小學堂採用這種方法，是因爲孩子其實是以英文來理解英文，不過有許多人常常因爲孩子本國文能力還不夠好，翻譯錯誤，就判定是英文能力差。」

相反的，許多補習班讓學生大量練習以本國文閱讀，甚至有些補習班讓學生按照英文語序將英文翻譯爲本國文加以排列。知道這類補習班對學生造成多大的致命傷害嗎？從孩子們進入補習班前的測驗開始，考題內容幾乎已是文法佔40%、單字佔30%、閱讀佔30%。

說難聽一點，**文法本身就是一種詐欺**。在尚未理解本國文文法的小學時期，可以流暢地聽、說、讀、寫；進入國中後，學習文法的用言、語幹、語尾、形態素等；升上高中，學到了不規則動詞等文法，忽然覺得曾經那樣簡單的語文變得既陌生又困難。英文也是同樣的道理。

多數英文老師在與學生父母和學生溝通時，通常會這麼說：「必須學習文法，才能有系統地掌握英文。」還有在學校教英文的老師，因爲他們有系統的學習英文，所以就能夠流暢地使用英文寫作與會話嗎？

按照我的判斷，我敢保證擅長教授文法的老師當中，口說與寫作能力好的人，也就是能夠以英文流暢表達自我想法的人，不超過5%。用英文表達自我想法，連眞正擅長教授文法的老師都視爲畏途。也因爲這樣，才會更認眞地專注於文法的教學。

我敢說，上面提到**我們正在學習的英文文法，本身就是一場騙局**。不過問題不只有這樣，過度讓學生學習完全沒有用處的東西，也是一大問題。**文法就像時間的小偷一樣**。三十八歲以後，愛上閱讀英文小說的我，讀了非常多部小說，不過在英文文法書二十多個動名詞慣用句型中，除了cannot help～ing（無法不做～）、there is no～ing（無法～）之外，在小說中幾乎沒有看過其他動名詞的慣用句型。因爲老師說很重要，所以努力寫到手腕痠痛，勉勉強強將二十多個動名詞慣用句型背起來，如今覺得那段時間眞是白費了。不定詞慣用句型也是如此。未來會有機會好好發揮先前所學過的任何一個文法嗎？大概沒有這樣的機會了吧！

那麼動名詞慣用句型沒有使用在小說中，而是使用到了電影等其他方面嗎？我曾經讀過許多電影劇本，一樣除了上述提到的兩個用法之外，沒有看過其他動名詞慣用句型。說**日常生活中沒有使用到的文法是非常重要的東西，讓學生背起來，卻完全沒有使用的機會，這是合理的嗎？還是乾脆都別教？**

## 隱性文法與顯性文法

我敢保證，如果直接省去學習文法的時間，感到幸福的學生將會瞬間增加；還有更重要的是，這樣既能感受到學習英文的快樂，又能大幅增加英文實力。

並非讀過寫有「文法」的書，文法能力就會增加。比起那樣的文法，透過大量閱讀書籍，逐漸培養內在的、隱性的（implicit）文法，才是眞正學到了文法。沒有讀過本國文法書的小學生，多數都能寫出符合文法的文章，或是說出符合文法的句子。因爲這種隱性文法，是透過閱讀的過程所培養出來的。

由於這一部分相當重要，因此有必要再次強調。雖然不清楚是否有其他人曾提出這樣的理論，不過就我看來，文法分成兩種：一種是隱性（implicit）文法，另一種是顯性（explicit）文法。我們就算沒有學文法，在小學時期也能符合文法地聽、說、讀、寫，這是因爲學生在不知不覺中學會了隱性文法。

**大聲朗讀英文時，輸入學生頭腦中的，就是這種「隱性文法」**。也就是說，學生在**大聲朗讀的同時，自然達到了文法學習的效果**。更重要的是，**在口說與寫作的同時，也正**

**在熟悉必要的語感**。因此，用這種方式學習英文文法的學生，就算沒有學習顯性文法，也可以毫無困難地回答美國SAT所出的英文文法題。而且越是學習這種隱性的、內在的文法，在找出句子當中的文法錯誤時，會表現得比學習顯性文法的人更好。

接下來要說明「顯性文法」，**「顯性文法」指的就是經過整理的「英文文法」**。顯性文法不過是將隱性文法的產生以及如何使用，用文字整理出來罷了。因此，學習顯性文法，對於更加了解隱性的、內在的文法並沒有幫助，反而越是在意毫無用處的顯性文法，而會造成干擾。也就是說，語言形成之後，再整理爲文字，才是「顯性文法」，並非越了解顯性文法，就越能掌握隱性文法。

先學會顯性文法，再努力學好隱性文法，就好比豬站穩尾巴努力擺動身體，而不是站穩身體擺動尾巴。因此，不管再怎麼努力學習顯性文法，實質上的英文能力仍不見提升。

好，現在要告訴各位讀者對文法的結論。**不要學習文法，而是大量閱讀書籍，尤其是先從有趣的書籍著手，輕鬆無負擔地進入閱讀**。還有，如果學文法的話，閱讀的能力反而會退化。

學習文法的人，不只是專攻一本文法書，而是要研讀許多文法書，每一本又不只是讀過一遍，而是必須反覆閱讀數次，因此耗費了大量的時間在文法學習上。如果將這些時間用來閱讀英文書籍或英文報紙的話，這樣一來英文實力不知會進步多少，光是想像就足以令人振奮。

tip

## 真正學好文法的方法

- 升學考試的文法比重正逐漸減少；英語系國家的英文文法題，與市面上的題目差異甚大。
- SAT的文法題型是「下列句子當中，如果有文法上的問題，該如何修正才是最自然的？如果沒有錯誤的話，請選擇5。」熟悉市面上的英文文法題型，完全沒有幫助。
- 如果想要順利回答SAT的文法題目，必須大量閱讀College Board的推薦書，並在考試前幾個月集中解題。
- 提高音量，反覆且大量地朗讀書籍的話，自然能達到文法學習的效果。

# 一意孤行的解題式教育

## 小學生爲什麼要學TOEFL？

最近幾年內，市面上竟流行起教小學生留學英文測驗的TOEFL。不知道這些學生會覺得英文多麼無聊啊。

教小學生TOEFL的老師抱持著這樣的理論：反正英文就是要聽、說、讀、寫樣樣行，提早學TOEFL的話，不但可以自然而然地學好聽說讀寫，甚至可以達到訓練考試的效果，爲了孩子的將來，沒有比這更好的方法了。

大概類似這樣的說法。聽完這番理論後，沒有父母不被哄得團團轉的。尤其教TOEFL的補習班多數爲大型補習班，這些補習班的管理也做得非常徹底，學生家長可以非常安心。來到英文演講比賽會場看看，學生們似乎幹勁十足，而大多數的家長則是對演講表現憂心如焚。可是**從小學階段就開始準備大學留學測驗的TOEFL，逐段學習超乎自己思考能力、聽也聽不懂的英文，會有因此感到幸福的小孩，或是英文能力真正提升的學生嗎**？當然不可能會有。最後只能拖著沉重的身軀，從這個補習班再跳槽到另一個補習班。

本書後面也會再次說明，只要取得包含哈佛大學在內的美國大學所要求iBT TOEFL滿分１２０分中的１００分，便具有留學的資格。爲什麼要勉強孩子，要求他們獲得１２０分滿分的成績呢？如果拿到１２０分滿分，就能進入原本無法考上的大學，那麼如此認眞準備也無可厚非，但是在美國，實際上並沒有這樣的大學。利用這段時間指導學生做其他更有幫助的事情，不是更有意義嗎？比起從70分提高到80分，從１００分提高到１１０分必須投資十倍以上的時間。很可惜啊，這徒勞無功的努力。

學生從小學開始準備TOEFL，在平均5～10行的短文中找出文法上錯誤的地方、找出文法上正確的地方、找出指示代名詞所指爲何、找出正確的題目、從上面的文章中找出適當的部分、從下面的文章中找出適當的部分等。如果超越這個程度的話，就再拿出更長的文章要求孩子練習，這個孩子到高中結束前，甚至進一步到大學結束前，都必須準備TOEFL，這是多麼悲慘的人生啊！

其實**有很多方法可以快樂地學好英文，如果只是一味要求準備考試，又不能保證考好成績可以得到什麼，那麼努力學好英文究竟是為了什麼**？對小孩來說，TOEFL的內容不僅無趣，對於陶冶性情也沒有幫助，如果必須持續這種行爲最少五年、最多十年，我認爲從道德層面來看是有問題的。

雖然不能說美國SAT就是唯一標準，但是這類題目在美國SAT中幾乎沒有出現過。以韓國爲例，考試的題目，是以符合形式上的理論來出題。這與前面所指出的問題相同。**我認為必須實際大量閱讀後才能答題的英美式出題法，遠比這樣的方式更有意義。**

## 喪失閱讀長篇文章的能力

我們太過重視結果，在補習班也無條件接受補習班所教的內容。教學內容越精簡，學生眞正的英文能力反而越低落，然而這樣的老師卻越受好評。直到年紀稍長，在公司內部升遷時因爲英文遭遇困難時，才感嘆過去所學的英文是錯誤的，儘管如此，仍舊把自己的孩子送到這類補習班。先把成績拉高再說！

**當解題式教育成為教育的核心，最大的問題便是喪失了閱讀長篇文章的能力。**說來令人汗顏，首爾大學的學生當中，有幾個人能夠讀《哈利波特》的原文呢？又有幾個人能夠讀更簡單的《巧克力冒險工廠》的原文呢？我想不會超過20％吧（除外語高中畢業生外）。專業原文書雖然多達上千頁，但是內容多以學生熟悉的專業用語所寫成，文章結構相當簡單，因此相對來說較容易閱讀，不過像是《哈利波特》這類的書籍，對學生來說的確不太容易理解。如果國外產品的說明書密密麻麻多達四頁以上，就連首爾大學學生也會有很大的心理壓力，只能硬著頭皮讀下去。

尤其一般外語補習班以TOEFL高分爲目標教授英文時，重點多放在閱讀解題或聽力解題，因此實際表達自我想法的口說或寫作能力便永遠無法進步。即使費盡千辛萬苦終於進入美國名校，也會像報紙所報導的一樣，有44％的學生中途放棄。

我曾經聽過附近的大型TOEFL專門補習班讓學生寫英文作文，接著進行發表。

有學生因爲我所經營的小學堂課程正好與他們的教學模式一樣，覺得不錯，於是從那間補習班轉到我經營的小學堂來，後來有機會跟這位學生聊天。

「聽說你在那間補習班是最高級班的啊？」

「是。」

「那麼也會寫英文作文囉？」

「當然啊，而且寫完作文後發表。」

「那麼，是把這種方式稱爲ＰＴ（Presentation）嗎？」

「是。」

「那麼，想必是有人提出ＰＴ後，由其他人提問或是反駁囉？」

「不是的，是學生自己發表作文後，回到座位上，再由下一位進行ＰＴ。」

「那麼，在學生的發表中有錯誤的部分或有問題時，指導老師不會針對這部分提出更好的說明嗎？」

「老師只是扮演決定學生順序、維持課堂氣氛的角色。」

「那麼，在你所屬的TOEFL最高級班上，都在上些什麼內容呢？」

「經常在考試。如果無法維持一定的水準，就會降低你的等級，所以必須認眞讀書應付考試。如果週考不及格的話，星期六也要到補習班一直考到合格爲止。」

「那麼，如果降低同學的等級，或是讓你們星期六到補習班讀整天的書，你們的反應如何？」

「覺得快完蛋了。尤其等級降低的話，不僅有損自尊心，媽媽也會變得很嚴厲，皮要繃緊一點，直到星期六爲止。」

**孩子已不再是孩子，從小學高年級開始，就只是一具考試機器。將無聊又沒有意義的內容填鴨式地塞給學生，孩子的生命只會是父母的裝飾品，還有什麼價值可言嗎？**雖然適當的競爭是必要的，可是不僅要把那無法理解的抽象單字背起來，還要寫大家都無法理解的文章，甚至以PT之名讓學生在其他孩子面前報告，卻無法得到任何人的回應，這種行爲有繼續下去的必要嗎？

近二、三十年來，美國或英國的大學出現大幅的改變。在八〇年代，只要考好成績就行了，不過現在只有學業表現優異的學生，大多不受到學校的歡迎。從申請美國大學開始，便會問：「你將如何貢獻課程？」這裡所謂的貢獻，與是否會**在多數的課堂上主動發言、主動參與課程有關**。

近來英美大學內已經很少教授理論（尤其是在我們所謂的人文科學與社會科學領域

內）。在家中，不僅要事先預習主教材的理論，也要涉獵參考書籍；在課堂上，必須針對教授所舉出的主要事例提出個人預習的理論背景，同時條理清晰地發表與陳述自己的看法，這些將相當程度地反映在分數上。因此最近在美國大學內，韓國學生比印度或菲律賓學生更不受歡迎。尤其近來經常採取小組報告的方式，甚至將小組成員間的互評反映在分數上，所以如果不具有相當充足的背景知識，將難以獲得好的分數。由此看來，**有必要培養短時間內閱讀大量書籍的能力**。

如果是接受解題式英文教育的話，絕對無法培養這種能力。總而言之，**TOEFL考試只是測驗是否有能力進入美國讀書的最基本手段，在這項考試中拿到高分，就期待在美國或英國大學考試得到好的成績，這是絕對不可能的**。

許多學生幻想得到的TOEFL成績越高，越能進入英語系國家的名校。其實只要超過一定的分數，就不會有因爲TOEFL分數的問題而無法進入的學校。再說也不是獲得越高的成績，就越能進入原本無法考上的學校，爲什麼學生們要如此虛擲光陰地投入解題訓練中，著實令人費解。

這一點反倒讓負責選拔的英美大學評審摸不著頭緒。**TOEFL成績達到這種程度的**

**話，應該能夠同樣程度地表達自己的想法，然而實際上卻完全沒辦法。**

爲了進入有美國南部哈佛大學之稱，全美大學排行第十七的萊斯大學，二女兒獲得的TOEFL成績爲１０３分。各位讀者覺得如何呢？我們並沒有努力去爭取更高的TOEFL成績，只是按照大兒子所言去做。

如果在比TOEFL更難的ＳＡＴ英文獲得高分，TOEFL成績就不具有那麼大的意義了，爲什麼要把那麼多的精力浪費在取得TOEFL高分呢？若不是聽到大兒子這番話，也許我早已浪費了許多毫無意義的精力在取得更高的TOEFL分數上吧！

以目標獲得TOEFL滿分的努力，得到一定程度以上的分數後，接著再閱讀牛津出版社或企鵝出版社出版的英文原著小說，或是目前蔚爲全球話題的英文書，相信會更有幫助。也可以閱讀《國際先鋒論壇報》（International Herald Tribune）等報紙，吸收各個領域的知識。當然，這對培養信心也有所幫助。

## 喪失理解單字用法的能力

以解題為主的英文教育還有另一個問題，就是即使學生努力背單字，他們**直接接觸該單字在實際句子中如何使用的機會卻被剝奪了**。學生真的非常認真背單字，但是就算背了許多單字，也沒有在句子中了解該單字具體如何使用。如果在句子中能夠加以檢視，那麼在了解單字的具體用途後，對於該單字的用法及語感等，也會有具體認識的……。

很多準備考試的學生，因為著重文法學習，只達到了解該文法具體如何使用的程度，卻少有機會認識自己所背的單字在長篇文章或實際情況中如何使用；準備留學考試的學生也沒有大量閱讀英文書籍，就算背了一萬個單字，也不了解如何應用，很快便忘得一乾二淨。

**若能改掉這樣的行為，將學習文法或解題的時間，持續投入閱讀英文書籍或英文報紙的話，便能以英英模式將該單字的用法與例句輸入腦袋中**。

或者進一步放棄解題為主的學習，改以閱讀為主，那麼將可以更有趣地學會英文，並能透過英文小說等豐富自己的涵養，甚至進一步將英文當作工具，用來做更有意義的事。浪費如此寶貴的時間，我認為實在可惜。

**我家小兒子有類自閉症**，幾乎無法與其他小孩相處，升上小學高年級時，非常崇拜看起來比自己優秀的大兒子，尤其對大兒子擅長電腦的能力更是佩服不已。因爲使用英文沒有問題，**小兒子自行進入美國的資訊整合計畫公司的網站，列印好幾份平均多達數百頁的計畫說明書，研讀這些資料並投入許多時間編寫計畫**。

學校放學後，就是他的工作時間。儘管最後完成的計畫有些荒腔走板，但是對他的將來似乎發揮了極大的幫助。也許是因爲這樣的努力，即使國三時沒有經過特別的準備，小兒子仍在校內的資訊奧林匹亞競賽中獲得特優。

在我經營的小學堂內，有一位名爲仁燮的小學五年級生。不僅認眞背單字，更大量閱讀英文書籍，尤其錄音作業也比其他學生多繳交兩倍。此外，就連我推薦稍有難度的英文書，也自動自發地閱讀，那麼進入清心國際中學（譯註：韓國名列前茅的資優中學）哪有什麼困難呢？

前面也曾經提過，在小學堂向我學英文，今年進入民族史觀高中就讀的詩佑，同樣沒有研讀文法書，只是不斷大聲朗讀英文書，拚命背單字，也認眞完成錄音，多交兩倍、三倍的作業。這麼努力，要不通過入學考試也難。**本來就該讓學生了解英文單字如何使用，**

**比起每週單純背三百個單字，這種方法要來得更有意義。**

要熟悉任何重要考試的解題技巧，我認爲在考試前約三～五個月開始準備就已足夠。讓學生浪費好幾年的光陰拚命寫題目，眞是一種罪過。仁燮按照我所教的方法認眞學習，後來爲了練習解題，大約在考試前四個月左右，我讓他轉到位於坪村的知名補習班。然而在那間補習班的清心國際中學衝刺班兩百多位學生中，他是唯一一位合格的學生。有趣的是，據說我所教出來的兩位學生，在該補習班的清心國際中學衝刺班內，總是前兩名互相輪流。

## 難以具備基礎知識

在我們的英文教育中，還存在著另一項矛盾。儘管我們不斷強調基礎知識的重要，實際上仍舊一古腦地教授學生對基礎知識的養成毫無幫助的解題法，而沒有鼓勵學生把時間花在眞正對基礎知識的養成有幫助的書籍閱讀。

如果能獲得英文的基礎知識，不是更好？只要多推薦英文書籍，讓學生讀更多英文書就可以了……。如果不這麼做的話，我們的學生將無法在口說與作文寫作中獲得耀眼的成績。

從這點來看，學生父母也有必須反省的地方。正如前面所說，即使TOEFL測驗獲得滿分，在實際外國大學入學考試中，或是未來通過入學後所面臨的考試，都比不上有大量閱讀書籍習慣的學生，尤其在表達能力方面，更會出現明顯的落差。然而閱讀能力卻不可能在短時間內速成。

**因此，一開始先以有趣的書籍為主，逐漸延伸至有興趣的時事類書籍，接著再以孩子未來專業領域的書籍為主，按照這個步驟閱讀，比在TOEFL測驗中拿下高分還重要。**

即使學生父母自己無法讀懂這類書籍，也不必猶豫是否該買這類書籍給孩子。若有需要，可以向學校英文老師或其他有涉獵的人、優良的補習班講師等尋求選擇書籍的幫助。如果想要檢查是否有認眞閱讀，只要讓孩子寫報告或摘要，便知分曉。

在不少學生家長的觀念中，以爲美國大學入學考試ＳＡＴ分數的重要性等同於韓國入學考試。如果我家孩子得到２３５０分，仍無法考上哈佛大學；隔壁孩子只得到２１５０分，卻考上哈佛大學，想必會受到極大的打擊吧。然而這種情況在美國一點也不令人意外，更不需要向大學抗議。當然，這種情況在國內想必會引發抗議大學的騷動吧……。

**解題式教育的另一項弊病，是誤以為如果孩子成績稍微提高，就是英文實力增加了。**

考試時，有考試技巧（skill）不足而考不出好成績的情況，也有眞正的英文實力不足而考不出好成績的情況。不過**解題式教育經常只能提高考試技巧，只對短期內提高成績有效**。

一開始將學生送進多數TOEFL專門補習班時，必定會聽到學生成績瞬間提高的消息，這單純是因爲解題技巧提高了。可是不了解背後原因的學生家長，以爲是孩子的眞正實力提高了，因此認定該補習班教學優良。長期下來，百害而無一利。**如何提高基本的英文實力才是最重要的，這必須透過勤奮不懈地閱讀英文書，才有可能達成**。

如果是小學高年級學生的話，可以選讀金寧社出版的《啊》系列（譯註：韓國綜合性兒童叢書，包含科學、自然、歷史、文化、藝術等領域）的原文書，內容並不困難。讀過幾本我推薦的書後，多數孩子的反應是「讀英文原文書，比讀翻譯本更容易。」因爲要看懂翻譯本，必須具備一定的漢字基礎，所以不易閱讀，英文版不須透過中間這一層媒介，只要知道英文單字，就能夠閱讀。

tip

## 為什麼不需要解題式教育

- 解題式教育不適用於英語系國家實施的討論式教育。
- 解題式教育只是鍛鍊技巧，並非提高英文實力。
- 獲得SAT高分的秘訣，是閱讀College Board推薦的書籍。
- 不要在意成績的高低，應留意準備大學入學考試必須注意的重點。
- 英文解題技巧只要在考試前三～五個月開始準備就足夠了。

# 漫無目標的單字記憶法

## 徹底背好單字

對於背單字的看法，各家不同，常搞得學生家長一頭霧水。有的補習班主張沒有必要背單字，只要加以類推即可，造成學生對背單字抱持消極的態度；有的補習班嚴格要求學生背單字，甚至如果單字考試沒有到達一定的成績，便會將學生留下數小時背單字。

我的意見是，**一定要徹底背好單字**。當然不是說在背到一定程度的單字前，不要閱讀英文書籍的意思。**就算不到那樣的程度，也要繼續閱讀英文書，並且讓學生知道哪些單字經常被使用，哪些單字經常出現，這點非常重要**。

**用類推法來取代背單字的風險太高了**。因為類推的單字並非自己眞正了解的單字，在閱讀或收聽時，雖然可以根據前後文推測，但是在口說與寫作時，類推的單字並非自己所會的單字，完全無法利用。

其實就算是背得很熟的單字，在寫作與口說時，也常有想不起來的狀況，要想出類推的單字，更是難上加難。在以閱讀與聽力解題爲主的教育下，不會出現這樣的差異，但是一旦進入口說與作文寫作的階段時，連拼寫都沒有背熟的單字，當然完全想不出來。

**背單字時，只背一次並沒有太大的意義，必須反覆、累積地背熟單字才行**。舉例來說，多數補習班在上課前，通常有40～50個單字的小考，如果超過70分以上，放學就讓學生回家；如果未達70分就留下來。可是這種測驗方法就算得到１００分，也沒有任何效果。爲什麼？因爲根據認知理論，一到隔天便會忘記60～70％的單字，經過一個星期後，平均有90％的單字被遺忘。

另外，如果只測驗一次，學生在學習上更依賴短期記憶，總在快要考試前，才臨時抱佛腳，考完試立刻忘得一乾二淨。所以學生轉到另一間補習班後，經常在新的補習班背過去曾經學過，如今卻像是生字的單字。

**反覆、累積地背熟單字**，是杜絕上述情況唯一有效的辦法。**尤其面對困難的單字時，製作單字卡幫助記憶會是很有效的方法**。根據一位德國學者在這方面的許多研究顯示，**使**

**用單字卡背單字，效果高出直接背單字或邊寫邊背單字的三倍**。至今學生在背單字時，我也使用自己準備的單字卡，努力讓學生留下深刻記憶。

## 不必強求以英英模式背單字

對於背單字，學生還有另一項疑問：要整段句子背起來嗎？要以英英模式背單字嗎？還是以本國母語的字義來背？能夠大量快速記憶的方法，就是最好的方法。因此我以母語字義背單字，我家孩子也全都以母語字義來背。

與其讓這些學生以英英模式背單字，降低他們對背單字的興趣，不如讓他們了解母語字義，在閱讀書籍的過程中，確實了解該單字的用法，我想這是最重要的。

如果這些學生因爲背單字而討厭英文，那有什麼好處呢？重要的是在背下母語字義後，大量接觸句子，理解該單字具體如何使用才是。用英英模式背單字也是一樣的道理。所以**大量閱讀英文書籍，對於背單字也是非常重要的**。

即使將整段句子背下來，也時常會忘記句子，最後回到原本的狀態。市面也經常可以看到打著「海綿式學習法」或「海馬式學習法」的名號，將英文轉變爲有趣的句子以方便記憶的書籍。例如爲了背「stone」這個單字，聯想成「羅林司東（stone）被石頭蓋住死掉了」，所以「stone」就是「石頭」。不過問題不只在於可能忘掉整段句子，對於「stone」到底是「石頭」還是「覆蓋」，也很容易混淆。

**在背單字時，以正常方法記憶才是最好的方法**。特別是使用單字卡背單字時，因爲一次只背一個，記憶效果好，在下一個階段時，也可以重新加以確認，就記憶的效果來看，的確是最好的方法。關於分格使用單字卡的方法，之後將會再度說明。

學生在**製作單字表時，單字的字義以不超過三個為原則**。**因為如果腦袋要記憶的東西超過三種以上，便無法記下完整的順序**。必須特別注意的是，在擷取整段句子來背單字時，如果沒有試著思考句子的結構，就想把整段句子背下來的話，很可能會忘掉整段句子與整體結構。

即使背了許多單字，如果沒有理解這些單字在句子當中如何使用，便毫無用處，因此我們必須試著多接觸句子，閱讀英文小說或英文報紙都沒有關係。

tip

## 為什麼要提高背單字的強度？

● 類推單字再記憶的方法沒有效果。

● 依照認知理論，背單字必須背入長期記憶。

● 反覆、累積地背熟單字是最好的辦法。

# 只用眼睛學習的英文

## 提高嘴部肌肉的記憶力

我們都知道，人類發明文字使用的歷史，最早可追溯至五千年前。在此之前，人類的文明以口傳方式世世代代傳承下來。

雖然目前沒有看過任何類似的研究，不過依照過去經驗，我想頭腦的語言中樞與嘴巴和耳朵的聯結，應該是遠超過眼睛的。也就是說，**用眼睛學習英文，即使經過多次練習，保留在腦海中的記憶並不多**，因此不容易再以口說或寫作表達出來，但是透過嘴巴多次練習的英文，因爲訓練到嘴部肌肉，增加嘴部肌肉的記憶，所以對口說或寫作有顯著的幫助。運動選手透過訓練，使訓練過的肌肉發達，下次再次使用時，便不會有太大困難，體育學家稱之爲「肌肉的記憶力」。**在語言學習上也是如此，越是頻繁使用嘴巴說話**、**越是**

**大聲朗讀書籍，越能提高嘴部肌肉的記憶力，之後再使用時，便能得心應手。**

女兒在寫英文題目時，曾經問我：「爸爸，這裡哪一個是最自然的呢?」我告訴她，想要知道哪一個是最自然的話，不要發出聲音（考試時），張開嘴巴唸看看。開口唸過的女兒，順利找出哪一個是最自然的。當然，這是因爲女兒平時大聲朗讀過許多英文書，沒有學習過文法，才有可能辦到的。

踢足球時，有經常使用到的肌肉部位。平時練習足球時，主要訓練這一部位的肌肉；在正式比賽時，才能使用這個部位的肌肉順利進行比賽。從來沒有用腳練習過倒掛金鉤的選手，有可能成功使出倒掛金鉤嗎?當然不可能。**只靠眼睛練習英文的人，見到外國人能夠滔滔不絕，舌燦蓮花嗎?這更是不可能的事。**

## 必須讓嘴巴熟悉語感

語言學的發展主要以西方爲主，這也是我們英文能力不佳的另一個原因。可能有人會覺得莫名其妙，不過這正是我們對英文及其他主要語言望塵莫及的原因。

西方語言（也就是印歐語系）大部分的語序都是相同的。儘管中間存在些微差異，但是因爲這樣的特性，他們若偏重於單字學習，並不會造成太大問題。由於多數西方語言源於拉丁文，學會其中一種語言後，再延伸至另一種語言，就變得非常容易；如果學會了兩種語言，那麼學習第三種語言就更加容易。

曾經在國外遇見一位來自希臘的學生，即使英文單字「company」的發音是「工巴尼」，仍然可以流暢地以英文交談。至今我還記得見到這位學生時，內心滿滿的嫉妒與羨慕。

這裡再次強調語序，是因爲語序的差異，造成我們必須煞費苦心地重組句子才能拼出英文句子，這是我們無法流暢使用英文，並且在與外國人聊天時，容易錯過他們說話內容的原因。

**學好英文，意思是熟悉英文語感，達到幾乎下意識地說出英文的程度，然而這必須透過嘴巴的練習才有可能實現。**

**用眼睛學英語，就像是用手練習跑馬拉松，而不是用腳練習。**雖然透過嘴巴與耳朵練習英文，不可能短期內輕鬆速成，但是只依賴眼睛的話，不僅無法提升眞正的英文實力，而且一考完試，就全忘得一乾二淨了。

## 透過閱讀練習聽力

**用眼睛讀書，無法達到聽力的練習。可是用嘴巴讀出英文的話，在不知不覺中也可達到聽力練習的效果。**舉例來說，各位讀者應該有過這樣的經驗，自己正和某人聊天，當第三者說出與我們類似的話題時，耳朵的聽力便特別敏銳，同樣的道理，用嘴巴朗讀英文時，聽力能力也會有明顯的增加。

**用嘴巴大聲朗讀的同時，也可以達到英文聽力效果**，這是因爲大聲朗讀時，耳朵產生共鳴現象，自己說出的話就像對方說出的話一樣，傳到自己的耳裡引起震動，使自己也聽到聲音，因此間接達到聽力練習的效果。當然，這時所聽到的聲音，會比對方說出的聲音模糊。

曾經看過某位語言學家主張，如果要徹底培養聽力能力，就必須要有兩千小時左右的聽力時數，但是這項理論並沒有考慮到嘴巴朗讀時可以節省的時間。試試大聲朗讀英文書與英文報紙吧！儘管一開始發音並不標準，速度也不快，不過越是反覆練習，發音越見改善，速度也越來越快。當然最重要的是，**在大聲朗讀前，必須反覆聽錄音帶3～4次**。如果這麼做的話，就不需要達到培養聽力的兩千小時。

用嘴巴發出聲音朗讀報紙或是書籍，可按照目的的不同來調整練習的強度，不過**一天至少要投入一到兩個小時的時間練習**。如果想要在更短的時間內養成英文口說與寫作能力，一天就必須練習四、五個小時。這時可能會覺得喉嚨腫脹，**想要放棄，但是千萬不能在這時和自己妥協，因為這是用嘴巴在短時間內學好英文的不二法門**。

在補習班或小學堂，甚至是家中，大聲朗讀使人卻步的主要原因，在於害怕唸錯時會遭來其他小朋友的嘲笑。只要對這些學生的行爲不理不睬的話，他們反而覺得自討沒趣，便不會再做出類似的行爲。相信自己，擇善固執，才是最重要的態度。

**善用嘴巴練習英文，而非眼睛，不僅能使閱讀能力提升，也因為訓練到嘴部肌肉，連帶使口說能力增加**；如果更進一步提高朗讀的音量，也會因爲與自己的耳朵產生共鳴，自然達到聽力練習的效果。所以**別再使用眼睛，一定要養成用嘴巴練習的習慣**。我敢保證，如果持續這樣的訓練，在不久的將來，將會訝異於自己竟能滔滔不絕地與外國人對談。

### tip 用嘴巴學好英文

- 必須訓練嘴部肌肉，直到將英文掛在嘴邊。
- 必須持續練習閱讀，直到嘴巴熟悉英文語感。
- 閱讀時，能藉由自己的耳朵再次收聽，達到聽力訓練的效果，可謂「一石二鳥」。

# 不可能的任務：聽說讀寫同時都學會？

## 永遠不可能的同時學習

英文補習班廣告上，經常可見明顯有誇張之虞的廣告。強調自己的補習班從小學低年級開始，同時學習聽、說、讀、寫，甚至是文法。不過實際了解這些宣稱眞正達成目標的補習班，有的從小學一、二年級開始，就讓學生寫英文日記，更有的補習班挑選某些特定的單字讓學生練習寫作。

當然，在英文實力非常傑出的小孩中，有些人已具備能夠回答這些題目的能力。這些孩子都是已經熟悉英文語感的孩子。

**讓沒有英文語感的孩子寫英文日記，這是無理的要求**。這些孩子連主語後面要接動詞還是其他詞都不清楚，爲了交作業，多數人不是使用錯誤的用法，就是爲求保險起見套用之前學過的正確用法。所以在孩子學會說英文之前，最好不要讓他們寫作。透過口說練習，即可確認學生是否具備語感，同時也可以培養學生的語感。

**英文絕對不可能同時（simultaneous）學習，也就是說，同時兼顧閱讀、聽力、口說、寫作的教育是不可能的，只能按順序地（sequential）學習。**因此先累積單字到一定的程度後，再以單字爲基礎進行閱讀、大聲朗讀與聽力的練習，孩子們便能產生英文語感，其中又以大聲朗讀最爲重要。

如果透過這種方式培養出了語感，那麼接下來便可再進入口說練習；如果口說表現不錯，就代表孩子的語感無疑已經確立，接著就能再進入文章寫作的階段。一開始寫作文章時，當然最好先從孩子容易發揮的主題與生活周邊的主題著手。

如果這種練習效果達到了一定的程度，那麼孩子自然能夠信筆寫出英文作文；又如果作文各方面都具有一定的水準，則這位學生的英文就能視爲成功了。

# 為什麼補習班做得到？

儘管這種順序才是正確的學習方法，坊間仍不斷主張同時學習是可行的，我認為原因有二：第一，要經營補習班，就必須有能夠向學生家長擔保的東西；第二，一般人仍抱持著一絲渺茫的期望，以為英文的閱讀、口說、寫作、聽力彼此間也許會有正面的影響。**不管是要求孩子每天寫出有問題的英文日記，或是即使語感尚未養成，無法說出英文，仍不斷催促孩子說出英文，都只是徒增他們的痛苦與壓力**。

我在教孩子時，首先要求的就是背單字，接著再要求他們練習大聲朗讀、英文聽力與閱讀，至今已超過十年。透過這樣的方式，判斷孩子們已經培養出語感後，再讓他們練習寫作。按照這樣的順序，可以讓孩子輕鬆無負擔地學好英文。尤其依照這樣的順序學習，可以帶領孩子們享受大聲朗讀英文書的快樂，即使不學文法，也能達到答對文法題的程度。

希望從這個觀點出發，懇求學生家長稍加克制自我的私心。孩子們如果真能達到大人的要求，不知該有多好啊？然而正如兒童行為發展理論所言，孩子出生後，在能夠翻身前，必須一直躺著；在能夠站立前，必須一直坐著；在能夠行走前，必須一直站著；當然，在能夠奔跑前，必須一直行走。違反這項原則，要求孩子一次完成，對孩子而言不是祝福，而是災難。

如果孩子出生後，讓他們一次完成這些步驟，將會造成相當大的危害。因爲在孩子的膝蓋骨尚未發展健全前勉強孩子走路，可能使膝蓋骨暴露在骨骼彎曲或關節炎的危險中。原本應該藉由長時間久坐來訓練平衡感，可是因爲省略這個步驟，導致連站立都難以取得平衡，如果孩子想進一步行走的話，下場只會撞得滿頭包。一言以蔽之，在孩子長大成人前，就已經滿身是傷了。

我之所以批判同時（simultaneous）學習法，原因就在於此。同時學習法似乎可行，不過實際上行不通。曾經帶著我家小孩做過實驗，結果也行不通。必須先有單字的基礎，接著才能進入大聲朗讀，再來才是聽力。在這兩個階段多停留一段時間，訓練聽力與大聲朗讀，直到培養出語感，才能開口說話。如此一來，寫作能力想必也能有所提升……。

tip

## 按部就班學英文

- 單字→大聲朗讀、閱讀→聽力　口說→寫作
- 站在補習班的立場來思考，就能明白主張同時學習法的理由。我們必須站在自身的立場做出睿智的選擇，而非補習班的立場。

# 枯燥乏味的發音教學

## 因小失大的發音教學

**如果要讓孩子在學習英文時感到幸福，就必須廢除發音（phonic）教學**。因爲這枯燥乏味的發音教學，使孩子對英文產生厭惡感。

就我所知，在某家測驗卷公司的經營策略中，將發音當作斂財工具，讓民眾成了發音教學下所謂的「冤大頭」。當然，在美國或英國的英文教育中，並非完全排除發音教學，只是佔他們整體教育相當低的比例，不會讓學生因爲發音而喪失對英文的興趣。然而在國內，這樣的發音教學在一開始就毫無系統、組織地傳授給學生，強迫施行的結果，便是培養出討厭英文、覺得英文枯燥乏味的孩子。

我以句子爲單位，讓孩子反覆跟讀數次，藉此取代發音教學。如此**以句子為單位跟讀**

**的話，將自然養成語感**；如果以發音爲主的話，將使學生退步到句子程度前的拼寫程度，別說孩子能夠養成語感，甚至還有可能產生反效果。換句話說，越是注重發音教學，越會喪失國人在英文教育中必備的語感。爲什麼呢？因爲語感永遠是句子內部的問題，而非單字拼寫程度的問題。

另外在英文當中，連音等規則佔有非常大的比重，以單字爲主的發音教學，事實上經常是不夠的。儘管如此，如果像我所強調的以句子爲單位練習閱讀，自然也能夠掌握連音。

最主要的問題在於，**大部分的發音可說是讓人討厭英文的「最大禍首」。那些沒有意義的符號，又有誰會喜歡並且感到有趣呢**？

發音教學大多由家中的媽媽負責，但是這不能停留在單字的程度，必須提高到句子的程度，如果媽媽先讀過英文句子，再讓孩子跟著唸的話，在熟悉語感與掌握發音等各方面，都可同時達到效果。

如果孩子年紀超過小學中年級的話，最好不要有單字或拼寫程度的發音教學。「a、b、c、d」要在小學一年級或以下的程度教才是，如果放在小學高年級教，不是沒辦法引起孩子們的興趣嗎？因爲越是這樣教他們，孩子越討厭英文，覺得英文枯燥乏味。除此之外，也因爲在幼稚園或小學低年級的年紀時，孩子才能夠發出接近母語人士的口音，但是隨著年紀增長，發音卻越來越難達到這樣的水準。

## 美式發音並非標準答案

即使發音不像母語人士也無妨，重要的是若能遵照音標發音，在與英美人對談時，就不會感到有任何障礙。再加上英美人並不期待我們的發音與他們的程度一樣，對於什麼才是眞正的標準發音，各界看法也不盡相同。過去在TOEFL測驗中，只有以美式發音出題，如今不也出現英式發音的題目了嗎？因此我們必須了解，將美式發音視爲教育最高準則的時代已經過去了。

我個人有過一次有趣的經驗。大約在十三年前，我原本在美國洛杉磯工作，正逢中秋節，於是買了機票準備到位於俄亥俄州克里夫蘭的大姨子家拜訪。在飛機上一時口渴，又覺得特意捲舌發音有些奇怪，於是原原本本地用韓式發音向空服員說：「gibu me some 窩特 普立茲（Give me some water please）。」一下所有人的視線全部投向我，使我感到一陣尷尬，彷彿自己像個外星人一樣。

兩年後，在英國研究所修課時，我們班上加我共有三位韓國人，另外兩位其中一人在做某個說明時，一時捲舌發出了「窩樂」的音。好像出了什麼大事一樣，那位教授要該名韓國學生起立，自己先發出「窩特」的音後，讓學生跟著唸。那位學生已經習慣捲舌發音，於是又發出「窩樂」的音。最後學生唸了約有十五次「窩特」，直到教授滿意爲止。

在英國有一位和我交情匪淺的英國奶奶。曾經在一次用餐時，我將在飛往底特律的飛機上說出「窩特」時，遭受異樣眼光的故事告訴英國奶奶。結果那位奶奶卻告訴我：「不是因爲你發音錯誤才盯著你看，而是因爲你的正統英式發音，那些人才尊敬地盯著你看。」我著實吃了一驚，原來這其中還有這樣的解釋啊……。

我們人當時普遍以美式發音爲正統，因此費盡千辛萬苦捲舌學美式發音，沒想到還有這樣不同的觀點，眞令人驚訝。當然，這位英國奶奶也可能對美國帶有個人的偏見，但是由此可見美式發音的全盛期似乎已成過去。

在歐盟的正式會議上，雖然主要使用英文，不過發音卻接近英式發音。一般認為，歐盟的經濟地位幾乎與美國相等，而經濟規模甚至超越美國。也就是說，英式發音市場正逐漸擴張中，是不爭的事實。

也許是因為如今美國在全世界的影響力逐漸減弱，使用美式英文代表英文好的觀念已經大幅改變。只要收看CNN，也會發現與數年前的感受大為不同。在新聞記者中，像過去一樣捲舌發音的人，所佔比例已大幅降低，而當地人以自己的口音報導英文的現象則大幅增加。此外，即使同樣使用英文，印度或巴基斯坦等國家的獨特發音，也經常直接向觀眾播送。

近來我也和一位主修英文、副修政治學的美國人一同進行討論式教學，發現即使不捲舌，只要發出接近音標的音，就完全沒有溝通上的問題，甚至美國人也不期待聽到美式發音。下面是曾經和我一同在小學堂進行英文課程的美國老師與我的對話。

「貝克老師，你會期待我們練習到與你們同樣的發音嗎？」

「最近西班牙裔大舉進入美國，美國霸權的力量也逐漸減弱，只要能夠用英文達到溝通的目的就行了，並不期待你們學習捲舌發音到像我們一樣的程度。」

所以我向貝克先生提出一個要求。

「學生似乎很害怕發音出錯，不太敢開口說話，請你轉告學生，**發音沒有必要達到像你一樣的程度，也請告訴他們沒有捲舌發音也沒關係。**」

總而言之，不需要將美式英文發音視爲正統，**刻意捲舌學他們的發音。按照音標發音，並且能夠符合語感達到溝通的目的，這樣的能力才是最重要的。**我想，只要能讓學生擺脫必須捲舌發音的壓力，就已是萬幸。

tip

## 為什麼不需要學發音？

- 越是學習發音，語感消失越快。
- 以發音爲主的教學，很難自然地唸出連音。
- 比起強調發音，媽媽多讀幾遍句子，再讓孩子跟著唸的方式會更有幫助。
- 因爲沒有意義的學習，使學生降低對英文的興趣。
- 美式發音在國際社會中的重要性逐漸降低。
- 英語系國家的人，並不期望我們的英文發音像他們一樣標準。

# Chapter02

# 英文，該如何牢牢地記在腦海裡

創意思考能力也需要練習與背誦！
學英文沒有訣竅，我敢保證，不管是小學生還是上班族，
若透過嘴巴反覆朗讀，熟悉語感，
短時間內學好英文沒有問題！

# 刺激潛力

## 從較高的程度開始

大學時期醉心於行動科學的我，著迷於當時尚未有翻譯本的史金納（B. F. Skinner）的《行爲主義心理學》，於是買來原文書仔細研讀。這影響了日後對家中孩子的教育，使我在教育孩子的過程中，不斷努力強化其正面行爲，去除其負面行爲。

從英文方面來看，重點在於持續觀察孩子的學習程度是否達到孩子本身擁有的潛力，務求使學習程度幾乎達到孩子擁有的潛力，這就是行爲主義心理學中所強調的正面行爲，藉由不斷反覆的補償作用使之成爲習慣；負面行爲則透過負面的補償，也就是處罰、取消、撤除等加以去除。雖然這一切並不全然成功，但是因爲我家孩子幾乎在達到刺激潛力的程度下學習，所以**要在短短六個月、八個月內達到同齡母語人士的水準，並非難事**。

我最關注的是在未達刺激潛力程度下的學習。看看國一生所讀的英文書，程度相當於美國或英國小學低年級。這樣的內容有可能刺激孩子的潛力嗎？這麼簡單的英文都已經學五、六年了，升上國中後，卻得重新學習小學程度甚至小學程度以下的東西，有誰會有興趣呢？

起初內人提議要教小孩英文時，打算從《灰姑娘》的程度開始，爲孩子解說童話故事，並教他們英文文法，不過我持反對意見，堅持應該要從這個年齡的孩子感興趣的教材開始。也就是說，**要尋找能夠激發孩子學習動機，並且足以引起他們好奇心的教材**。這點也許是讓我家孩子在短時間內成功學好英文的主要原因吧。

學業表現不佳的孩子，對於電腦遊戲或任天堂，不也很快就上手了嗎？如果之後要求孩子讀書，爲什麼他們就變得如此散漫？理由很簡單，因爲電腦遊戲有趣，而英文學習枯燥。看到孩子的英文書，就連我也搖頭嘆氣，實在太枯燥乏味了。

如果有已經高年級，程度卻完全是初級的學生來到小學堂，其實有點困擾。因爲相較於近來的英文學習熱潮，這樣的學生起步已晚了許多。經過與該學生的母親詳談後，如果學生在其他科目的表現擁有一定的水準，學習態度也非常積極的話，建議可以冒這個險。

「即使現在還不到那樣的程度，只要持續不懈地繳交錄音作業、努力地背單字，最後就能成功，暫且安排到程度稍高的班級吧……。」這樣開始學習的孩子，大部分都會成功。所謂成功，指的是英文實力快速提升，連帶提升孩子信心的程度。

**我家大兒子透過大聲朗讀，得以補足十二歲之前未曾接觸且分量可觀的英文**，因此能在六個月內達到英語系國家小學高年級的程度。從韓國的角度來看，**就是在十二歲時，達到了大學入學考試的程度。如果確實遵照激發潛力的大聲說英文學習法，那麼這並不是多厲害的成就，只是理所當然的結果。**

## 英文環境不是問題

換個稍微嚴肅的話題，最近有許多學者或英文老師大量討論ＥＦＬ環境與ＥＳＬ環境的差異。

ＥＳＬ環境是English as a Second Language的縮寫，例如我們以外國人的身分到美國或英國學英文，因爲周圍環境必須全部使用英文，所以自然而然容易學好英文。相反地，ＥＦＬ是English as a Foreign Language的縮寫，也就是待在國內學習英文，因爲身旁並非使用英文的環境，日常生活皆以母語溝通，所以學好英文當然就顯得比較困難，速度也比較緩慢。

乍聽之下，也許會覺得很有道理。不過仔細思考後，就知道這不過是補習班爲了增加更多的英文教學時間所提出的說法，立論的基礎在於商業主義。然而就算身處ＥＦＬ環境，如果能實施之後將會提到的沉浸式教育，那麼身處任何環境都沒有差別，英文實力甚至能夠超越父母的期待。

在小學堂內，有一位曾經在英國曼徹斯特住了七年的小孩，英文閱讀能力慘不忍睹。該名小孩的父母以爲，只要孩子長久處在使用英文的環境，也就是ＥＳＬ環境中，英文實力便能自然提升。類似的情況還有一位在雪梨住過兩年的學生，與同齡國中朋友相比，英文程度落後許多。當然，這類學生的情況可以說是在ＥＳＬ環境下學習英文的特殊案例，然而問題在於，這樣的特殊案例並不少見。

只要有堅毅不撓的意志，就算在ＥＦＬ的環境中，也能輕鬆克服母語人士的發音等各種困難。因爲環境的差異，就認爲英文不如人是正常的，這種想法本身就有問題。

盲從英文學習理論，一味追求輕鬆學好英文的捷徑，於是遵照父母的意見尋找ＥＳＬ環境，遠赴美國、加拿大、澳洲、紐西蘭、菲律賓，甚至是印度或南非共和國的語言學校遊學，在這些孩子當中，有多少比例的人最後成功了呢？不是說即使一年花費將近三十萬台幣，最後成功的孩子連10％都不到嗎？

tip

## 刺激潛力的英文學習

- 比起簡單的教材，程度即使稍高，卻能引起興趣的學習教材更好，因爲這能激發他們學習的動機。
- 提高投入程度，透過密集教學在短時間內提高英文程度。
- 比ＥＦＬ、ＥＳＬ環境更重要的，是幫助孩子密集投入與學習。

## 父母必須以身作則

**學生家長如果沒有作為學習的模範，孩子卻能自動自發的讀書，這是絕對不可能的事。**正如心理學所言，我們會以喜歡的人爲榜樣，也會以討厭的人爲借鏡，意思就是父母的行爲，會影響孩子的改變。

縱使一心期盼孩子學好英文，自己卻總是在看電視，這樣的家長如果要求孩子讀書，孩子就會乖乖聽話嗎？我們家孩子在六～八個月內，就達到母語人士的英文程度，我認爲那是因爲我讓孩子看到自己勤讀英文的樣子，於是孩子將之視爲學習英文的標竿。因此，當我要求他們以大聲說英文學習法學習英文時，孩子自然而然跟著照辦。這樣還怕看不到成果嗎？

**父母下班一回到家，第一個動作就先開電視，這樣的行為最好為了孩子戒掉。**等孩子的性格或習慣發展到一定的程度，這時再來看電視也不遲。我認爲，如果想讓孩子對英文產生興趣，在用餐時，可以選擇能讓孩子對英文產生興趣的話題，這也是一種不錯的方法。

**孩子不學英文的主要原因，經常是因為不知道為什麼要學英文**，如果身邊有學好英文的類似例子，最好積極與孩子分享。近來這樣的例子不是很常見嗎？可以讓孩子看看金妍兒或朴智宣（譯註：韓國搞笑藝人）的英文實力有多好，還有許多女子高爾夫球選手的採訪、聯合國秘書長潘基文的演說等，也不難找到。甚至讓孩子看Wonder Girls成員用英文受訪的畫面，也會是個不錯的教材。要讓孩子多聽這些例子，多看這些例子，才會想讀英文啊！就像部分的父母一樣，多數人鮮少使用英文，會認知到英文的重要性才奇怪呢！

我想表達的是，**父母當中若有任何一位能和孩子一起讀英文，那是最好的**。有些父母擔心自己的英文能力不好，怕會被孩子瞧不起，不過我敢保證，絕對不會那樣。反倒是英文不好，卻假裝自己很在行，或是因此放棄英文的父母，看起來才更可笑。

特別是在職場上因爲英文承受不小壓力的父母，更要試試和孩子一起讀英文。對父母的尊敬將會成爲孩子學習的墊腳石，加快孩子學好英文的速度。

**以為將孩子送到補習班，一切問題就解決了，這種想法非常危險**。最近補習班普遍傾向良好的管理，而非良好的教學。因爲知道學生家長要的是什麼，所以補習班爲迎合家長的期待，投入更多精力在管理上。如此一來，多數的補習班寧可花費更多的人力與金錢成本在管理好學生的出缺勤情況、學習態度、同儕間的關係等非教育本質的事務上，而非做好教學，提升學生的能力。

對現代的父母來說，比起教好孩子，司機是否按照正常時間接送更爲重要，英文教育的本質完全本末倒置。這代表越能投資在管理系統的大型補習班，越顯得有利。

如果希望孩子在補習班用功讀書，就應該了解英文教育的根本，努力尋找能夠讓孩子感到幸福的補習班，這才是最重要的。

tip

## 讓孩子學會英文的最佳辦法

- 父母應該以身作則，成爲孩子效法的對象。
- 如果父母沒有以身作則，孩子也不會有所表現。既然想教孩子英文的話，就一起學習吧！
- 透過實例告訴孩子爲什麼要學英文。若能激發孩子的學習動機，就能使他們產生學習目標，同時也會燃起學習英文的渴望。

# 利用認知心理學與潛在學習理論

認知心理學

最近這幾年來，大學入學考試英文科的文章越來越長，二〇一〇年的大學入學考試也是如此。面對篇幅不斷增加的文章，如果像過去一樣拆開後再分析解釋，要到何年何月才能寫完這些題目呢？過去可以輕鬆找出答案的題目，如今變得越來越困難，就是一個不爭的事實。究竟我們該怎麼做才好？

在這十多年來教育孩子的過程中，我意識到過去多數人對英文教育所抱持的觀念，必須徹底改變才行。在前面指出過去教育的問題點時，想必有些讀者已有所體會，下面就再以圖表方式呈現。

下圖所呈現的重點，在於學習英文有一定的順序。沒錯，過去我們一次學習英文的四

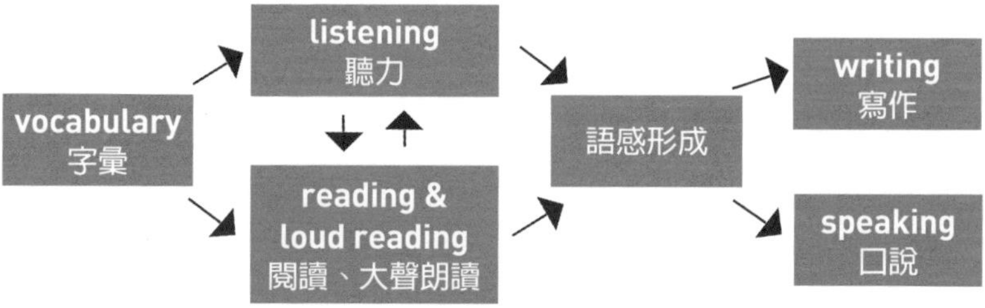


種領域，不過上圖並非如此，而是以語感爲媒介，劃分出獲取資訊的左側部分與陳述自我主張的右側部分，這是最大的差異。

過去的補習班同時教授四種領域，並引以爲豪，不過實際上受教育的學生，絕大多數無法獲得學習效果，只有感受到痛苦。因爲大部分的學生尚未養成語感，補習班卻不斷派給學生必須具備語感才能完成的寫作與口說作業。如果學生能夠依照以上順序學習，必能更輕鬆、有趣地學好英文，然而眞實情況卻是毫無意義且痛苦地學著艱深晦澀的英文。

接下來重要的是彼此間的作用。換句話說，**大聲朗讀出來可以訓練聽力，聽力程度好，閱讀也變得更簡單**。更進一步來看，如果大聲朗讀做得扎實，還有閱讀做得好（大量閱讀的話），便能輕鬆培養語感，不僅口說能力增加，寫作能力也會增加。

總之最重要的，就是字彙的學習必須提高到一定的強度。雖然沒有反向箭頭標示，但是聽力學得好（或大量練習），或是**大量閱讀**

**的話，字彙量也會有實質的增加**。不過基本上爲了能夠進入聽力或閱讀的階段，必須先具備基礎的單字，這是恆久不變的眞理。

我認爲在學習英文或學習其他知識時，務必先了解何謂「認知心理學」（cognitive psychology theory）。如果了解我們的腦袋如何運作，並能因應腦袋的運作加以訓練，相信考試這等小事，對任何人來說都不會是問題。尤其若能了解記憶如何形成，又如何消失，並將這項理論善加應用於讀書的話，讀書其實一點也不困難。根據二十世紀德國心理學家艾賓浩斯（Heramnn Ebbinghaus）的研究，百分之百背在腦袋中的東西，一小時過後便會遺忘50%，可見我們腦袋的遺忘現象比想像中來得嚴重。從某方面來看，**讀書就是與遺忘的戰鬥，透過強化而加深與保留的記憶，也許就是發想創意思考的泉源吧！**

認知心理學記憶理論中的遺忘曲線如下圖。

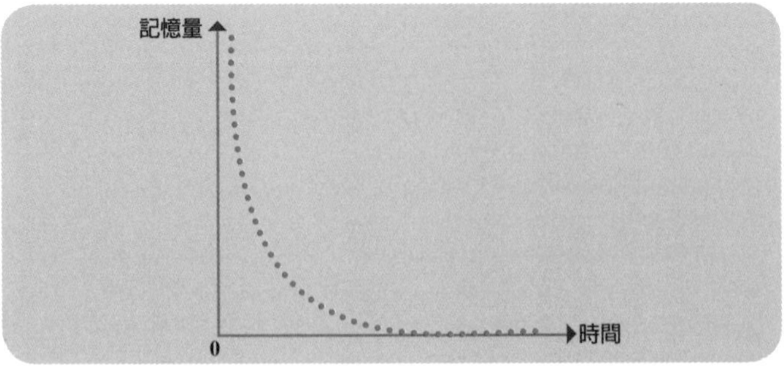

如上圖所示，記憶以驚人的速度消失。大多數經過一天後，所記憶的東西已經遺忘60～70％，經過一週後，有90％已經遺忘。那麼對抗這種遺忘的辦法是什麼？

認知心理學家將藉由不斷重複練習所形成的強化（reinforcement），視爲對抗遺忘的方法。也就是說，重複練習兩次的話，記憶雖然仍舊會消失，不過消失的速度將有所趨緩，亦即進入長期記憶的部分稍微增加。如果重複練習三次的話，將有更多部分進入長期記憶，在記憶中的消失速度愈加趨緩。此一形式如下圖所示。

必須注意的是，因爲只有進入長期記憶的部分可供使用，所以徹底背好單字，也就是理解字義並多加記憶，這一步驟在學習中的重要性已不須多加詳述。

因爲這樣，經常有頭腦好的學生在學校的小範圍測驗表現傑出，但是在大學入學考試或高考等大範圍考試的表現卻差強

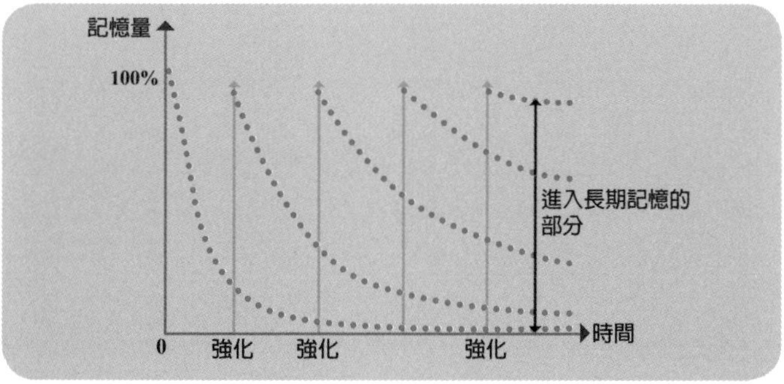

人意；也有不少資質中等的學生，因爲持續不斷的反覆練習，在大範圍考試中獲得優秀的成績。

如果對這個說法存有疑問，請去參考高考合格日誌或司法考試合格日誌等分享準備考試心得的文章，試著找出在這當中沒有讀過特定教授的民法總則10～20次以上的人，我敢說幾乎沒有。

**我家二女兒利用這項理論，在七個月內從全班第八名進步至全校第一名**。這就是最近流行的「自我主導學習」，七年前尚未出現今日「自我主導學習」一詞，因此我參考大約二十年前學過的理論，創造出一個學習模式，藉由多次反覆的接觸，將學過的內容存入長期記憶。當然坊間所推行的自我主導學習，與我所強調的自我主導學習有相當大的差異。

## 檢測與強化

最大的差異就在於檢測的重要性。我認爲如果無法加以檢測，那麼傳授的知識、指派的作業等，不過是一陣耳邊風，左耳進、右耳出。換句話說，當天學習的內容並不是由時間來檢測，而是由檢測合格的東西所決定，這是我的思考方式，將之應用於我家孩子與我所教授的學生時，也同樣有效果。

學例來說，要幫助二女兒或我所教授的學生全面掌握所有科目時，我會提出這樣的問題。

「進入韓國歷史上的統一新羅時代後，新羅的所有一切都改變了吧?尤其是新的政權進入後，改變的核心多圍繞在中央政治制度、地方行政制度、土地制度與軍事制度，那麼試著說明進入統一新羅後，這些制度是如何被改變的。」

學生被問到這種問題後，必須直接在我面前立刻回答。過去獨自一人讀書時，即使有自己還沒弄懂的地方，也可能得到合格的分數，但是當我提出類似上述的問題並要求立刻回答時，從來沒有人能夠對答如流。也就是讀書必須全面整合。尤其受測者受測時會感到緊張，因此要比平時自己讀書時多出百分之一百二十的準備。用這種方法讀書，成績卻沒有提高，就很奇怪了。

在學習包含英文在內的所有科目時，也可以使用這種方法。

只是這需要有一位客觀公正的人，能摒棄個人情感，與學生共同商討與決定讀書計畫，並且每日實施檢測。在認知心理學的學習理論中，重要的是如何做到讓學習內容進入長期記憶，這點正如我們所了解的，除了持續反覆學習之外，別無他法。

像期末考這類考試，至少要反覆讀過五遍，才能進入長期記憶，**唯有進入長期記憶，才有可能在實際測驗時間內自由地應用**。所以如果我家孩子沒有信心每個科目都讀過三遍以上，就不讓他們買參考書。

在認知心理學的記憶理論中，反覆行爲稱爲「強化」（reinforcement），在學習過程中特別受到重視。如果像補習班一樣，要求大量練習所有類型的題目，那麼基本上很難有東西進入長期記憶，所以學生就等於白費力氣讀書一樣。換句話說，即使在補習班內練習了這麼多的題目，也沒有達到「強化」的效果，所以根本沒有東西進入長期記憶，只不過是寫了一堆新的題目而已。剛寫過的題目，只是暫時被儲存在短期記憶內，經過一兩天後，便遺忘60～70％；經過一週後，僅存10％左右的記憶。此外，從補習班的策略來看，同一份考卷並不會測驗兩次，因爲這是攸關金錢的行業。

如果有像反覆學習一樣重要的東西，那就是上面所強調的驗證，亦即「檢測」。通常接近考試時間前，大部分的補習班只是更努力地教學，卻沒有檢測學生實際理解了多少，又記憶了多少。

相反的，我與天生就不是資優生的二女兒共同商討，訂定計畫，每天晚上按照一定的原則檢測，並依照約定給予獎勵或懲罰。假設今天讀過的內容檢測後完全正確，明天就出比較簡單的題目；如果每個小時檢測仍然不及格的話，就讓她讀書讀到凌晨三點，當然我也全程陪同。

有些讀者可能會這麼想：因爲你們做家長的教育程度高，能夠教大部分的科目，當然可以做到這樣……。不過事實全然不是如此。即使父母的教育程度不高，也能夠給予檢測，只要父母選好題目再讓孩子回答就可以了。這樣當然就知道答案是什麼了不是嗎？因爲有解答本啊。

多數學生的音樂、美術、體育科只準備一兩次，或是在考前一天簡單複習一遍就跳過時，我要求二女兒將這些科目全部讀過五遍，直到幾乎全部背下來爲止。因此經常拉低其他學生分數的音樂、美術、體育科，對二女兒來說都不是問題。

**在英文學習上，重要的是能否進入長期記憶**。前面也曾強調過幾次，在補習班一次40

個單字的測驗中，即使得到一百分也不重要，因為隔天便會遺忘60～70%，一週後幾乎遺忘90%。不只有單字如此，在閱讀方面也是同樣的道理。有過一次流利唸出英文的感覺，不代表能夠持續保持這樣的感覺。**如果沒有反覆練習的話，這種流利的感覺將立刻消失。**

所以不管是單字還是流利閱讀的感覺，重要的是反覆、累積地練習，使之進入長期記憶。尤其**以嘴巴大聲朗讀更是重要，唯有大聲朗讀，才能確實進入長期記憶。**

在此要不厭其煩地再次強調，比起五本書各讀一遍，一本書讀過五遍可以在考試中獲得更好的成績。我要藉由認知心理學強調的是，儘管我們的腦部依照這個原則運作，但是如果在補習班或學校內，沒有反覆加強與學習重要的部分，卻不斷發給新的講義，每天要學生寫新的題目，那麼將不會有任何東西存入腦袋的記憶體內，也就是進入長期記憶內。

最近恰好有機會研究歷史。世宗大王的卓越不凡表現在什麼地方呢？世宗大王每拿到一本書，自然而然要讀過百遍，直到完全吸收為自己的東西為止。集賢殿（譯註：由世宗大王所創立，匯集眾多名士與學問家，曾受世宗大王之命發明韓文）的學士也是如此，他們不管在值班或工作時間，都持續反覆地大聲朗讀書本，以不負身為世宗大王信任並託付的國家棟樑。欣喜地聽著集賢殿學士琅琅的讀書聲，感到國家力量正逐漸強盛的世宗大王，他那慈愛的形象浮現在我的腦海中。

我相信世宗大王的能力並非與生俱來的，而是從九歲開始，勤奮地反覆大聲朗讀所有書籍百遍以上，才成就功績烜赫的世宗大王。

目前影像醫學已經達到能夠以影像檢驗與證明神經的發展，**越是反覆朗讀，頭腦儲藏資訊的神經叢彼此間將產生更密集的聯結，因此越能輕鬆回答問題**。

## 反覆與背誦的重要性

大家常開玩笑說，每當大學入學考試結束時，官員總是千篇一律講著「今年沒有出單純測驗死背能力的題目」的謊言嗎？然而行為科學對創造力的基本定義是：「使兩種以上不相關的事實彼此產生聯結的能力」。**如果在長期記憶中沒有可供運用的基礎知識，也就是沒有將所學知識背下來的話，就不可能發揮出所謂的「創造力」**。

大家都知道三星電子首創全球最初的MP3概念。在全球製造MP3快閃記憶體的企業中，又以三星電子製造的最爲精良。然而三星電子相信，MP3技術、錄音技術、攝影技術、影音技術、電子辭典等所有技術，將可容納進手機當中。因此沒有單獨培植MP3產業的想法，而是將更多心力投入手機研發。一位看見MP3未來可能性的三星電子員工乃自創ReignCom公司，研發出一款名爲「iRiver」的MP3播放器，從此一鳴驚人。

知道這件事的蘋果電腦公司CEO史蒂夫．賈伯斯，當然不可能錯過這個機會。他結合三星電子創造出的MP3概念與三星電子所製造最精良的快閃記憶體，創造了iPod，在三年內達到一百億美元以上的銷售額。這些全都是以三星電子產品所締造的佳績。賈伯斯也將公司名稱由蘋果電腦改爲蘋果，因爲MP3部門的銷售額遠遠超越了電腦部門。

各位讀者的看法如何？蘋果公司只是善於複製的公司嗎？還是創意無限的公司？不論各界如何定義，從行爲主義的定義來看，蘋果公司確實是擁有高度創意的公司。

對於蘋果以一款iPod創造百億美元以上的銷售額，三星電子並沒有坐以待斃。雖然向蘋果公司銷售大量半導體相當重要，但是販售成品的附加價值更高，這是眾所周知的常識……，於是三星電子耗費數百億美元，挖角蘋果公司設計iPod的設計師，其結果便是生產出外觀稍微細長、類似iPod的三星電子MP3。如果只是糊裡糊塗地盲目跟從，那麼三星要在MP3產業走向全球，還有好長一段路要走。

看過以上所提到的例子，各位讀者的看法又是如何的呢？**必須了解與背誦最基本的東西，才能隨心所欲的運用，這是恆久不變的道理**。唯有如此，才能發揮創意。雖然「創意思考能力」在目前外語高中的入學考試中已被廢除，但是各位認爲如果補習班沒有訓練創意思考能力，在外語高中正規考試的創意思考能力測驗中，會有多少學生通過測驗呢？**創意思考能力也需要練習與背誦**。

在此提出這樣的例子，是爲了強調反覆與背誦的重要性。**不是要連意思都不明白，就像隻鸚鵡一樣盲目仿效，而是要了解後不斷反覆背誦**。其實英文不像數學或科學需要insight（洞察力），甚至沒有這樣的創意也無妨。英文不就是這麼簡單嗎？

**持續大聲朗讀及重複句子，就能學好英文**！有時眞想這樣大聲疾呼。十次不行，那就大聲朗讀二十次，如果這樣還不行，就由我來負責。以這種方式學英文，沒有不成功的道理，不成功是不正常的。

第二點必須注意的是「潛在學習理論（potential learning theory）」，雖然我們期待孩子的程度在目前所學英文的程度之上，不過實際上並沒有達到這麼高的程度。

換句話說，高三學生按部就班修完所有英文課程後，達到的程度只等於英語系國家小學高年級的程度。但是如果要求學生遠高於目前的程度，也不是辦不到的事。

如前所述，法國的孩子也說法文，爲什麼我們看到簡單的英文就裹足不前呢？**如果英文達到潛在學習能力的水準，那麼就小學高年級的程度來看，長則兩年，短則一年，要達到英美同齡小孩的程度並不困難。**

英文之所以變得如此困難，原因在於原本應該反覆與背誦的東西，卻沒有記在腦袋中，只是不斷將時間與精力浪費在回答新的題目。

在英文學習的路上永遠不嫌遲，**我敢保證，不管是小學生還是上班族，若能透過嘴巴反覆朗讀熟悉語感，那麼在短時間內便可以學好英文。**

tip

# 利用認知心理學

- 透過聽力與閱讀的相互作用，口說與寫作能力自然也會增強。
- 認知心理學理論適用於學習。它是解釋短期記憶如何存入長期記憶的理論，與自我主導學習相似。
- 認知心理學中的重點——反覆學習：透過強化存入長期記憶。——檢測：即使父母拿著解答本，也一定要執行。
- 創造力也需要有一定的記憶作爲基礎，才能向上發展。因此，反覆、反覆、再反覆正是正確的方法。

# 比比看，才知道英文多簡單

## 韓文比阿拉伯文困難？

去年六月下旬，大兒子準備前往約旦擔任交換學生的前一天。清晨兩點多，我們父子兩人帶著便利商店買來的飲料，坐在公園的長椅上，天南地北地聊了起來，不覺間話題轉到了英文，我向通曉韓文等六種語言的大兒子問道：

「老大啊，我知道學習阿拉伯文的英語系國家學生，都覺得阿拉伯文非常困難，你的看法呢？」

「爸，困難的似乎不是阿拉伯文。我認爲世界上最困難的是韓文，不是子音母音的表記方法，而是具有實質內容的韓文。」

「那麼，你覺得韓文有多困難？」

「韓文大概比阿拉伯文難上兩三倍吧。」

「這麼困難啊？」

「阿拉伯文的口語與書面語型態不同，這個部分較爲困難；至於所有動詞皆分爲三個部分，全都有規則變化，不像韓文那麼複雜。韓文動詞有不規則變化，形容詞也有時態和不規則變化，還有各種不同的敬語，在我所知道的語言中，似乎沒有比韓文更複雜的語言了。」

雖然早已知道韓文的複雜艱深，但是聽到韓文比阿拉伯文困難的說法，倒是有點吃驚。

「那麼，和阿拉伯文相比，英文不就相當簡單啦？」

「爸，**如果要和阿拉伯文相比，英文根本算不上語言**。**光是從口語與書面語相同這點來看，英文就不知有多簡單了**，動詞其實大部分也都有規則變化。如果這麼想，就能夠了解我所說的意思了。」

三十八歲以後，我體悟出輕鬆學習英文的方法，才了解英文比想像中要簡單，但是沒有料想到英文竟是如此簡單。另一方面，也了解到英文比韓文還簡單的道理。請試著比較韓文與英文的不規則動詞，或是韓文形容詞的時態、不規則變化，或是韓文的多樣性，尤其是敬語表現……，徹底比較過後，似乎就無法否認韓文比較困難的事實了。

## 學英文沒有訣竅

**只要秉持著進行大聲說英文學習法時該有的態度，便能在預期時間內征服英文。兩年內每天平均兩小時確實訓練，可達到英美同齡者的程度；八個月內一天六小時的程度，同樣可徹底學好英文**。另外也可以依照個人學習英文的速度，量身打造學好英文的方法。

這個標準是以具備小學高年級程度的實力而言。當然，即使上了年紀，學習能力的衰退實際上並不如預期的快，因此年紀未滿四十歲的人，相信也可以用同樣的方法學好。最近腦科學家們比較二十歲與六十歲的學習能力，發現六十歲的學習能力平均只有衰退5～10%，因此根本**沒有必要因為年紀而提早放棄學習**。

所以在面對未來的英文學習或英文教學時，該怎麼做才能達到最好的效果呢？在回答這個問題之前，我想先說明學習英文應有的態度。

我們都知道從事跑步、爬山、健行有益身體健康，而且實際上也試著努力執行了幾天。但是問題就在於沒有持之以恆，如果能持之以恆，健康應該會有顯著的改善或恢復的……。

英文也是同樣的道理。**比起用腦袋學英文，用屁股學英文這種說法更合適，當然任何一種學習都是如此。也就是說，坐在書桌前努力不懈地反覆學習，就一定可以看到效果；**一味以各種藉口搪塞而不執行，便看不見效果。

不久前，有一篇報導引用加拿大某醫學院的報告，指出仰臥起坐對消除腹部脂肪沒有幫助。我看著這篇報導，只覺得好笑。

因爲實際上經過長時間的實驗，結果並非如此，報導只是根據理論上如此的結論。雖然不清楚專家是否僅藉由理論上的分析得出這種結果，但是我親身見證了效果。平時我利用空閒時間做仰臥起坐，雖然一開始連30下都有困難，但是現在可以做150～160下了。我想之後一個月內都將會以200下的標準來做。這樣努力不懈地執行兩個星期後，肚子確實消了下去。我想起現代企業鄭周永會長說過的一句名言：「忍字，試過了嗎？」

我想詢問得出仰臥起坐無法消除腹部脂肪這個結論的醫學系教授，是否有親身試過連續一個月，每天１５０下仰臥起坐？

在此忽然提及減肥，是爲了再次強調：**只要持之以恆、加強練習強度，一定能看到非常顯著的效果**。有太多人捧著大把大把的鈔票報名補習班課程，卻虎頭蛇尾，草草放棄，尤其學生的情況更是嚴重。眞正看見英文學習效果的人相當少見，原因就在於只有少數人能在某個領域堅持到底，直到看見一定的成果。

如果一天花費兩三小時讀英文、背單字，專注於英文學習上，卻沒有在令自己感到訝異的極短時間內學好英文，這絕對超乎常理。若能確實掌握單字的意義，那麼閱讀原文書將會比翻譯書更加輕鬆有趣。希望各位讀者也能享受這種閱讀之樂，甚至進一步強化口說、聽力與寫作……，還會有比這個更令人驚訝的方法嗎？

最後衷心期盼各位讀者能抱著滴水穿石的堅定意志，再次面對挑戰。

# Chatpter03

## 跟著大聲說英文學習法

為什麼學英文要靠嘴巴？
多數的學習者以眼睛學習英文，
就像人不用腳走路，而用手走路一樣，簡直是白費力氣！
語言學習一定要靠嘴巴大聲朗讀！

# 我們擁有學英文的優勢

## 覺得英文困難的根本原因

這是兩年多前某篇報紙報導的內容。當時負責中國國家主席翻譯的，是一位道地的中國人，然而在中國主席訪問美國期間，卻能順利完成翻譯任務，絲毫沒有任何差錯。尤其連篇中微妙的差異，例如中國主席的譬喻性語句，都能精準地翻譯成英文，獲得極熱烈的掌聲。相較於此，韓國總統的翻譯，特別是盧武鉉總統每次與美國總統會談時，幾乎沒有一次不出錯。

因爲翻譯可能犯下極大的錯誤，致使國家間產生誤會，這樣的例子屢見不鮮。

爲什麼會這樣？稍有概念的韓國人都知道，中國人學英文比韓國人輕鬆。那麼中國人比韓國人更容易學好英文的原因是什麼？換個方式問，是什麼原因，讓韓國人在學習英文上比中國人更加困難呢？

發音？還是文法？都不是，答案是語序。英文困難的原因，80％以上是因爲語序的差異。把orange唸成「喔ㄌㄨㄛˋ居」或「阿ㄌㄩˋㄣ居」，都沒有差別，也並非本質上的問題。將發音問題視爲英文問題的學者認爲若想解決這個問題，只要在預算允許的範圍內，大量雇用外籍教師就可以解決了。

就韓國的狀況，如果聘雇一名外籍教師，一年需花費一百三十二萬台幣（若包含住宿費，在首都圈大約是這個水準），那麼一年投入兩千六百四十一萬台幣的話，只能聘雇兩千名外籍教師。全國約有兩千多所高中，因此一所學校平均可以分配到一名。一所學校只有一名外籍教師，能發揮多大的效果呢？

就算再追加兩千六百四十一萬台幣的預算，每所高中平均也只能再多分配一名。然而最諷刺的是，雖然外籍教師在課堂上講得口沫橫飛，但是底下大部分的學生都在打瞌睡。

如果像現在多數學校一樣，外籍教師每週只上一小時的課，就期待會對學生產生什麼樣的影響，這樣的想法毫無道理可言。就算增加兩倍的時間，每週上兩小時的課，情況會有所改變嗎？這也無法讓人有太大的期待。兩年前曾與二女兒有過這樣的對話。

「除了英文之外，你還有學第二外語吧？」

「對啊，正在學俄文。」

「俄文程度如何？」

「經常第一名喔。」

「這樣啊？爲什麼經常第一名呢？」

「因爲俄文老師在上課時，除了我之外，其他學生都在打瞌睡。」

多數學生在英文外籍教師面前，也表現出類似的學習狀況。不管是眞的想睡，還是已成爲習慣，總之就是睡得不省人事了。不知道是學生中了毒才這樣，還是洗腦成功才這樣，只要上文法閱讀課程，高三學生便又認眞聽講。

就算將總預算的2%以上投入聘雇外籍教師，將外籍教師的數量從一名提高到五名，我認爲也不會有太大的差異。**因為學生所需要的基本訓練，並非英文會話訓練**，相信規劃英文教育的人也很清楚這一點。也就是說，所謂自由對話（free talking），其實有70%的效果是聽力練習，而非口說練習……。

可是相當於30%效果的口說部分，**如果沒有反覆練習，隔天立刻就消失得無影無蹤**

了。**換句話說，口說部分必須持續反覆練習**，練習到口乾舌燥，喉嚨沙啞的程度。

外籍教師授課時間即使從每週一次一小時增加到三小時，最後看見效果的學生，通常是已經在外學到能聽懂該英文程度的極少數學生，一般學生聽不懂那種程度的英文，增加外籍教師授課時間，只是徒增學生的痛苦而已。如此看來，**投入越多外籍教師，越能順利達成英文教育的目標，這種思考方式是正確的嗎？當然大有問題**。這種邏輯就好比朝著與鳥所在完全相反的方向開槍，卻期待有所收穫一樣。

口說與聽力訓練，就像西班牙人必須和英國人進行訓練一樣。因爲他們之間沒有語序差異，若進行自由對話，雙方都能輕鬆學會對方的語言。站在懂英文者的立場，眞正西班牙人的英文發音其實不易聽懂。因此西班牙人若與英國人進行自由對話，便能熟悉哪些詞該如何發音，又該如何告訴對方，最終達到自己所期待的目標。可是我們不需要這樣的訓練，而是需要與語序相關的訓練。經過語序強化訓練後，自由對話才有意義。再次向各位強調，一定要大聲朗讀英文，直到口乾舌燥，喉嚨沙啞，這麼努力沒有不成功的道理。

換個角度來看，中國英文教育的歷史比韓國短，爲什麼英文老師能在第一堂課就以英文授課，在翻譯方面也能培養出本土純正的翻譯人員呢？原因很簡單，因爲中文的語序比韓文的語序更接近英文。各位讀者都知道，中文與英文一樣，絕大多數是主詞+動詞，受詞與副詞等位置相對來說較不重要，重要的是主詞與動詞的位置。可是韓文是主詞+受詞，而動詞排在句子的最後面。

因爲這樣的差異，便出現我經常使用的詞彙——「組合」的問題。如果一開始將主詞與動詞位置固定的話，要組合剩餘部分非常容易。可是我們都先將英文的所有詞彙放在中間，接著才放入動詞。這麼一來，自然與中國人的組合程度不同。

中文的組合方式更爲簡單，原因在於最重要的動詞已經搭配好，只要再組合其餘詞彙即可。

從中文的情況來看，主詞與動詞的位置幾乎相同，因此即使句子其餘詞彙的位置稍有不同，也幾乎沒有問題。**在學習英文時，會令人感到後悔，覺得當初沒有必要那麼認真學**

**習的原因，通常與非句子關鍵的順序有關**。也就是說，我們受到的教育要求我們將顏色形容詞、大小形容詞、樣貌形容詞等全部背起來。可是在與英語系國家的人對話時，才發現他們甚至連形容詞的順序都經常搞錯。那爲什麼我們要浪費時間把這些全部背下來，甚至完全依照順序呢？**為什麼連他們都不遵守的英文文法，卻要我們盡心盡力地遵守？如果我們將這些時間投入於訓練最關鍵差異的語序，英文早就學得聒聒叫了**。

那麼我們該怎麼做，才能克服被視爲「核心差異」的語序差異？簡單來說，一定要反覆地大聲朗讀，並且不斷反覆收聽書本的錄音帶。就像筆者多次強調的，按照這個方式執行，不僅孩子的聽力能力增加，口說能力也會增加，甚至寫作能力也會進步。

**這個方法非常簡單，希望各位讀者也能試著挑戰看看**。訓練所需資料在生活周遭俯拾即是，取之不盡、用之不竭。只是有必要針對各位如何使用做更深入的說明，因此我將按照下面不同的內容給予說明。**如果各位能夠按照這個方式進行，我保證能以最少三倍以上的速度征服英文**。

tip

## 覺得英文困難的根本原因

● 克服語序的差異，並培養語感。爲此必須大聲朗讀，直到語感深植心中。

● 因爲中文與英文的語序相近，所以中國人能夠更輕鬆地學好英文。

# 提高背單字的強度

我的看法與其他人不同，**我強調單字的重要性**。尤其**升上高中後，英文幾乎稱得上是單字的競賽**，可見單字佔有相當大的比重。若能以大聲朗讀熟悉閱讀，事實上文法也沒有必要學習了。舉例來說，請先看以下例句：「Coming, he wept」。多數人看到這種句子，便開始忙著分析是使用分詞構句中的哪一種文法。然而這樣的文章結構，90%以上都具有「一邊……，一邊……」的意思，也就是「一邊走來，他一邊哭」。越是透過嘴巴練習，越能熟悉這樣的句子，在不知不覺中便學會如何使用。

但是單字必須熟記，接下來將針對背單字的方法，以及製作單字記憶盒與應用的方法詳細說明，不過在此之前請記住，背單字必須持續累積與反覆接觸，之後再大量閱讀書籍，越頻繁接觸，越能成為自己的東西。**閱讀自己有興趣的小說等書籍時，可以在一定程度內類推單字的意思**，但是太多單字不了解，以至於失去閱讀的樂趣時，必須降低書籍的難度，並且增加投入背單字的時間與精力。因爲這個觀念非常重要，所以再次提出強調。

背單字有各種不同的方法，例如以主題或類別來背單字的方法；利用字首字尾背單字的方法；或是利用發音，將其中特別幽默有趣的意思加以聯結以方便記憶的「海馬式學習法」；以字母順序背單字的方法；也有毫無任何順序，就像服用營養食品一樣每天固定背單字的方法。**我敢保證，如果沒有以認知心理學為基礎，也就是對於如何將所學存入長期記憶沒有概念，只是埋頭苦背單字的話，那麼使用任何一種方法都沒有太大的差別。**甚至坊間也有許多單字表，強調只要平均一天背30個單字，一個月就能背完國中單字，但是背單字眞的有這麼簡單嗎？

以這種方式背單字，猶如挖東牆補西牆。以爲先前已經背起來的單字，在背後面的單字時重新回想，卻怎麼也想不起來。於是重新背前面的單字，這時後面背過的單字早又忘得一乾二淨。這是因爲已經背過的單字沒有持續累積下來，導致背單字變成一種痛苦。

## 製作單字卡

根據本人與家中孩子的經驗，以及德國學者萊特納（Sebastian Leitner）的研究結果（《用功知道》，網路與書出版，2006），利用單字卡來背單字是最好的辦法。所以我在經營小學堂與補習班的同時，也採用這種方法，而且發現在完全依照這種方法進行時，最能快速培養學生的單字能力。總之，因爲不是一成不變的死背死記，甚至有學生認爲這種方法非常有趣。

根據萊特納的研究，結合單字卡與單字記憶盒背單字，將會比一般背單字的方法高出三倍以上的效果，而我也堅信這項事實。由於這個方法以認知心理學的學習理論爲基礎，並且是考量到**如何將短期記憶存入長期記憶內的唯一方法，因此更值得推薦**。

我以上述研究結果爲基礎設計出的單字卡，正面寫有單字拼寫、背面寫有單字字義。卡片範例如下。

| material | 原料、材料 |
|---|---|
| 正面 | 背面 |

如果出現不會的單字時，可以像上面的範例一樣裁剪出大小適當的卡片，並在正反面寫下單字拼寫與字義，也可以**在閱讀時，將不會的單字標示起來，再一次將這些單字找出來，利用Excel程式製作單字表**。

製作這樣的卡片達百張後，以橡皮筋綁好放在口袋裡，獨處或搭乘大眾運輸工具時，可以善用時間瀏覽正面的拼寫並記下背面的字義，這是使用單字卡最基本的方法。想不出單字的字義時，翻看卡片正反面重新背好拼寫與字義後，將卡片放到最後面。如果大約是長八公分，寬三公分的大小，用橡皮筋綁起來或隨身攜帶，應當不會有太大的問題。

若是用電腦製作的話，製作方法還要多幾道

| 卡片號碼 | 正面 | 背面 |
| --- | --- | --- |
| a1 | material | 材料、原料 |
| a2 | cancel | 取消 |
| a3 | eventual | 最後的 |

步驟，最後會做出像下圖一樣更特別的型態，能更輕鬆地完成有系統的整理。

父母想要利用上述單字卡測驗實力時，讓學生看單字卡的正面，自己看背面即可。準備TOEIC的人，也別浪費上下班的時間，善加利用單字卡，就不會虛度通勤時間。

用這個方法製作單字表也很方便，可以利用音標讀音，製作出類似下圖（P109）的單字表。

**準備考試時使用此單字表，以兩人為一組互相測驗，會是非常有效的方法。**

製作類似這樣的單字表後，其中一人將單字秀出來，另一人將單字的拼寫與字義寫

| | | | |
|---|---|---|---|
| a1 | material | 材料、原料 | KK [mə`tɪrɪəl]<br>DJ [mə`tiəriəl] |
| a2 | cancel | 取消 | KK [`kænsl]<br>DJ [`kænsl] |
| a3 | eventual | 最後的 | KK [ɪ`vɛntʃʊəl]<br>DJ [i`ventjuəl] |
| a4 | pollute | 汙染 | KK [pə`lut]<br>DJ [pə`lu:t] |
| a5 | lunar | 月亮的 | KK [`lunɚ]<br>DJ [`lu:nə] |
| a6 | abandon | 丟棄 | KK [ə`bændən]<br>DJ [ə`bændən] |
| a7 | protect | 保護 | KK [prə`tɛkt]<br>DJ [prə`tekt] |

下來，**以這種方式相互學習，將會更快速、更正確的將單字背起來，甚至超越自己的期待。**

## 單字記憶盒

這裡再進一步介紹萊特納所設計的單字記憶盒。使用這款單字記憶盒有系統地背單字的同時，已記住的單字可以更快剔除，並集中火力攻讀不熟悉的單字，因而能夠更有效率地達成單字的記憶。

首先如下圖所示，單字記憶盒分爲**五個階段**。

接下來針對使用單字卡與單字記憶盒背單字的方法加以說明。這項說明適用於小學高年級程度以上者，並且有一個前提，就是在達到一定的程度前，每天必須投入五十分鐘以上的

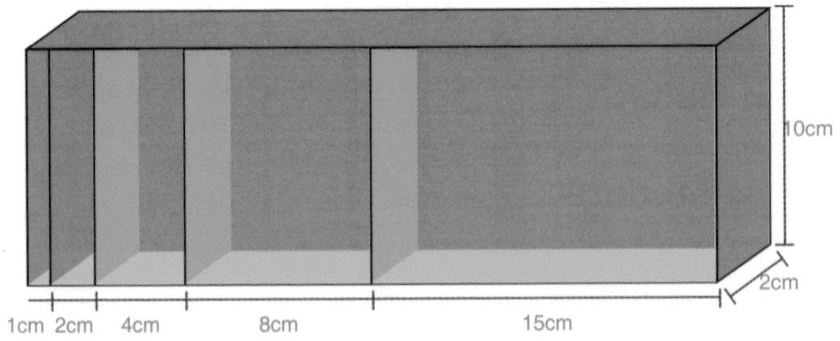

時間背單字，**每天背的單字要達到40個以上**。

第一天先將40個（或50個）要背的單字放在盒子的第1格，接著取出最前面的單字卡，確認自己是否了解單字的字義與拼寫。如果腦海中能夠立刻出現拼寫與字義的話，就放到第2格內；如果想不起來，就當作不會，放回第1格最後的位置，之後重新再背一次拼寫與字義。

如此挑選單字後，單字卡片將自動向前推進，第二次再看到時，如果能夠同時記住單字的拼寫與字義，就放到第2格；如果不會，便重新背單字的拼寫與字義，接著放回第一格的最後面。第三次使用單字卡也是同樣的原則：知道的單字放到第2格最後面，不知道的單字重新背過後，放回第1格的最後面。

以這種方式進行，能夠一次瀏覽40個單字，並將會有許多單字被放入第2格。接著再以第1格當中剩餘的單字爲主，進行與第一次相同的動作。完成第二次相同的動作後，又有更多的單字留在第2格。即使如此，仍繼續以第1格中所剩無幾的單字爲主，再次進行同樣的動作。如此一來，就算再困難的單字，經過6～7次的循環後，也能確實記在腦海中。

第二天將40個新的單字放入單字記憶盒的第1格內，進行與前一天相同的動作。那麼多數的單字在不到五十分鐘的時間內，就能全部進入第2格。

到了第三天，第2格由於兩天來從第1格移入的單字而塞滿，無法繼續學習40個新的單字，因此這一天只要進行從第2格移至第3格的動作即可。也就是將第2格的單字一一取出，確認是否記得單字的拼寫與字義。如果知道一開始出現的字義與拼寫，便移入第3格；如果不知道，便重新背字義與拼寫後，放回第2格的最後面。

以此方式檢視第二遍、第三遍的單字卡……，知道了就放到第3格的最後面，不知道就背過後再放回第2格最後面。如此一來，將能感受到將第2格單字移至第3格的動作，會比將第1格的單字移至第2格來得更有效率。

第四天因爲第2格騰出了空間，於是再將40個新的單字卡放入第1格內，重新開始。一開始就知道單字的字義與拼寫，便放到第2格；不知道的單字重新背過拼寫與字義後，放回第1格的最後面……。

第五天再放入40個新的單字，重新開始。雖然以每天學習40個新的單字爲原則，不過如果在此之前有格子已經放滿，則務必確認格子中的全部單字卡是否熟記，再移至下一格。

如此不斷推進至第5格的單字卡，再以橡皮筋綁妥後保管起來，三至四個月後再取出單字卡重新回想，以確認是否熟記，經過這樣的程序，背單字這一關就算完成。以這種方式背單字，不僅能夠最正確地背好單字，也能養成主動讀書的習慣。

另外在背單字時，**要背的單字字義最好不超過三個**。因爲人類在記憶時，印象最深刻的大概在三個左右。按照個人多次經驗，在背單字時，試圖背四個以上的字義，反而會將全部的字義忘掉。

還有，雖然沒有必要堅持以英英方式背單字，不過不可否認的是，以英英方式背單字確實有較大的效果。這時可以使用《American Heritage Dictionary》英文字典，查找最精確的單字字義。

各家補習班設定背單字的目標太低，實爲一大問題。如果是小學高年級的程度，一天最好背40個左右的單字（當然依照個人的能力，也可以一天背20～30個，這個程度就已經很不錯了。說明中先以40個爲標準，至於背20～30個時，則依比例換算即可）。以一天加入40個單字與抽出40個單字的方式每天背２００個單字，並且反覆練習與累積，相信對於存入長期記憶會有非常好的效果。

假設每個單字都附有編號的話，第一天背1號到40號，第二天背1號到80號，第三天背1號到120號，第五天背1號到200號。到第六天時，背41號到240號，隔天背81號到280號……，以此類推。唯有使用這種方式記憶，我們的腦袋才會以長期記憶來處理，並且將能感受到單字確實存入長期記憶中。在背單字時，配合單字卡可以帶來最佳的效果，如果背單字的過程中，仍有背不熟的單字，則將單字卡另外收集起來，針對這些背不熟的單字加強反覆練習，相信沒有背不起來的道理。

## 背單字的重要性

背單字的重要性，就算再怎麼強調也不爲過。

英國或美國的大學入學考試（SAT），試題中有許多單字語彙的題目，獲得大眾正面的肯定。換句話說，考試題目與學生眞正的英文實力毫無關聯。不管在補習班或學校，一窩蜂教學生找出與解答相關的線索，甚至學習這些線索，便能達到70～80％以上的正確答題率。這麼一來，還有誰會像在英美一樣，爲了準備大學入學考試而啃下厚重的經典名著呢？

看過美國入學考試中大量出現的單字題目，便可明白這樣的做法其實是爲了促進學生大量閱讀。在SAT測驗中，單字題目約佔英文科49題中的8～10題，難道不需要多花心力準備單字嗎？

仔細想想，爲什麼在大學入學考試的語言科目（以韓文爲例）中，幾乎沒有單字的題目呢？如果沒有單字題目，那麼對大部分的人來說，許多情摯深切、文辭優美的韓文就只是死的東西。我個人認爲，在語言科目或英文的聽、說、讀、寫四大領域外，必須再劃分出一個單字領域，並且推動單字教學。如此一來，就有了五大領域。

這項理論不僅可以套用在英文上，也同樣適用於中文。單字是語言最重要的基礎，卻沒有落實教學與學習，這樣我們能夠了解其重要性，並且加以記憶活用嗎？爲了達到這個目標，我們應該仿效英、美實施的方法，在測驗中出更多的單字題目。如此一來，也就沒有必要主張非得以英英模式來背英文單字了。

相反的，有些人卻認爲只要知道一千五百個單字，在美國就不會有溝通上的問題，著實對提升英文單字實力的努力澆了一盆冷水。用那種程度的單字固然可以生存，可是這麼一來，就會被歸類爲黑人族群或底層族群。正如各位所知，英文的片語相當發達，單字的結合可以創造出更多不同的意義。然而以這種程度的單字拼湊片語寫成的英文作文，自然無法得到好的分數。雖然這不代表無法在美國生存。

總之，**務必竭盡所能地背熟單字**。各位讀者覺得自己的中文單字量有多少呢？如果能夠使用八千個單字，肯定會受到周遭許多人的尊敬；如果能夠使用五千到六千個單字，就是普通人的程度，這大概是字典每頁平均知道三、四個單字的程度；如果是中文單字量低於三千以下的成人，就肯定有問題了。當然，這樣的程度對生活不構成障礙。

像英國美國一樣，不將考試重點放在一無是處的英文文法上，而是有制度地幫助學生，讓學生更集中攻讀單字領域，我認爲這才是最重要的。

## tip 單字卡與單字記憶盒的使用方法

善用單字記憶盒，將短期記憶存入長期記憶。

①準備600～800張單字卡。

②先將40張左右的卡片放入第1格內，一張一張取出確認，知道拼寫與字義的卡片移至第2格，不知道的卡片留在第1格。反覆這個過程6～7次，只有真的記不住的卡片才留在第1格。

③隔天以同樣的過程重新背第1格中剩下的單字與40個新的單字。

④第三天將兩天來移至第2格滿滿的卡片，以同樣的動作移至第三格。這樣第四天才能從第1格開始新的卡片。

⑤第四天重新繼續將第1格的卡片移至第2格。

單字記憶盒的主要目的，在於反覆確認單字卡，直到全部移至第5格。當所有卡片到達第5格時，腦袋中的長期記憶便完整留下600～800個英文單字。

# 一定要選擇有趣的教材

## 讓人好奇下一頁的，才是好書

進行大聲說英文學習法時，在教材的選擇上，最重要的是「非有趣的書不可」。如果不有趣，小孩或大人都無法長時間練習。

**一頁半的《納尼亞傳奇》，相當於國二英文教科書的一課課文**。如果這類平均超過兩百頁的書籍，在兩個月甚至三個月內讀完，將超前學校正規進度幾倍呢？

至少超出四、五十倍的進度，換算爲一年就超過了兩百倍。

小學堂內除了《巧克力冒險工廠》外，還有羅爾德・達爾（Roald Dahl）的其他四本著作、C・S・路易斯的《納尼亞傳奇》七本、J・K・羅琳的《哈利波特》三本等，在連續六個月、每天六小時內讀完，將會超出一般學生接觸到的數量的千倍以上。

即使進度超前這麼多，孩子們仍願意跟隨，原因就在於這些書籍相當有趣。因爲在《巧克力冒險工廠》中，故事朝著我們意想不到的方向發展，孩子們都被這本有趣的書給吸引，顯得興致高昂。羅爾德・達爾將我們所有的想像毫不保留地一一打碎。課程就以這種方式進行，所以每到下課時間，孩子們紛紛哀求我：「老師，再一頁就好。」

大概讀完半本，就能夠猜到結局如何發展。

如果沒有讓學生閱讀有趣的小說，並輔以趣味生動的解說，而是著重在文法與閱讀的教學，有哪些學生可以忍受呢？

我曾經在首爾鐘岩洞住過一年半的時間。住在鐘岩洞的國三畢業生，多數會被安排在首爾大學師範學院附設高中。首爾師範附高內有教科書編著者等最頂尖的高中老師。有一天，當時就讀首爾師範附高一年級的二女兒對我說：「爸，今天英文老師爲了解說一段句子的文法，整整用了一個小時。可是我一點也聽不懂。」我起初被那位老師的熱忱感動，同時又產生另一種想法，我認爲像二女兒一樣對文法解說感到厭煩的學生，應當不只有一兩位，要透過英文讓孩子感到幸福，確實不容易。當然，二女兒對那位老師的實力與熱忱仍有非常高的評價。

我想，究竟有幾個孩子因爲學英文而感到幸福呢？多數人都認爲，英文非學好不可。因爲不久前曾有調查結果指出，**上班族承受最大的壓力就是語言學習**。

我在證券公司上班時，明白一項永遠不可能改變的事實，那就是一個人的升遷與否，維繫於其英文能力。要能夠與外國人接觸，必須達到一定的階級以上才行。認爲不需要認眞讀好英文的說法，不過是一些沒有徹底體認到我國特別仰賴出口生存的現實，或是無法升遷到那樣階級的人發出的牢騷罷了。

總而言之，**上班族要感到幸福，學好英文是最基本的**。

我認爲**透過英文讓孩子感到幸福是非常重要的**，同時也將之視爲我的使命，因此將小學堂命名爲「幸福小學堂」。尤其英文與數學一向被認爲是大學入學考試最重要的科目，從小學開始便不斷強調這點，並且將孩子送到英數補習班。孩子們的英數表現如何，成爲影響家中有多少歡笑的決定性因素。不管工作多麼辛苦，只要孩子的英數表現特別優秀，整個家庭就有如綻放出歡笑之花。這就是現實情況。

幾年前「可口可樂公司」選拔員工時，由是否能夠流利使用英文來篩選，而不管是否爲名校畢業。儘管可口可樂目前已經撤離，但是就連沃爾瑪幾年前選拔員工時，標準也不是看名校學歷，而是以英文溝通能力爲考慮要素。最近在韓國選出的國際機構人員中，經常連一名男性都看不到，這是因爲男性的英文能力普遍比女性遜色。我們可以像對國內企業一樣，發出不滿的聲音嗎？

英文如此重要，孩子卻覺得英文無趣。看看孩子們在學校或補習班所學的課本，就像是以英文寫成的倫理教材，字裡行間充滿試著將道德與某些事實（facts）灌輸給孩子的渴望與頑固觀念。

看到這種書，孩子們會有想要翻開的念頭嗎？**英文書基本上應該充滿樂趣，並且能夠讓學生讀到欲罷不能**。其實這類書籍在市面上琳瑯滿目，多不勝數。引人發笑的樂趣固然重要，不過以探險或歷史事件爲背景，或是充滿懸疑與緊張氛圍的書籍也不錯。

## 對英文的第一印象必須是有趣

配合最近孩子的特性，維持一定速度的學習節奏是非常重要的。大部分美國影集都有這樣的懸疑與緊張氛圍，非常有趣。另外以未來為題材的影集，不僅大人感興趣，也能夠充分刺激孩子的想像力。因此大部分的影片適合與孩子一同觀賞。

選擇有這種內容的書籍，並配合聽力錄音帶讓孩子閱讀、聆聽，那麼孩子自然而然會愛上這本書。當然，前提是書中不能有太多生字，以免造成孩子在閱讀上遭遇太大的困難。

英文一定要有趣，這並非只有在童話或閱讀小說的階段才需要。但是**在初學英文的階段絕對需要更大的樂趣**。因為剛入門，與其執著於發音，不如讓孩子反覆跟讀句子幾遍，並適時給予解說，孩子在這個階段也會感受到英文的樂趣。比起讓孩子麻木不仁地接受以發音為主的英文教育，用這種方式更能奠定快樂學英文的基礎。

這麼說來，一個人對影響一生的英文的第一印象，可能在這個階段就已經確立。**唸英文給孩子聽，最重要的是聽力的培養。尤其透過童話或小說，更能培養孩子的聽力**。近來坊間出版了許多好書，錄音帶或影音ＣＤ都做得很棒，家長只要花點心思選購並善加利用，在時間上或經濟上都會有極大的幫助。

從這一方面來看，使用美國教科書學習的補習班或網站，其實並不適合我們。

第一，這些是爲了學習，毫無趣味可言。如果有趣的話，孩子應該可以自行學習才是，可是使用美國教科書學習，事實上與英文寫成的韓國教科書沒有差別。

第二，一般常會爲了熟悉專有名詞而使用美國教科書，不過先讓學生大量熟悉小說中較複雜的文章結構，接著牽記各個科目的專有名詞後，在解說有該名詞的句子時，只要替換爲類似的單字，就能輕鬆學會專有名詞。

那麼有必要連閱讀的樂趣都剝奪，盲目地使用美國教科書來學習嗎？

tip

## 作者經常使用的英文小說

- 羅爾德．達爾的《巧克力冒險工廠》。
- C．S．路易斯的《納尼亞傳奇》。
- J．K．羅琳的《哈利波特》。
- 這些書有著讓人不忍釋卷，想要再看下一頁的故事情節。這樣的故事可以讓孩子產生想要讀到最後一頁的閱讀動機。

# 以有故事情節的小說為主

## 能接觸名言佳句的小說

英文學習的核心必須是書，雖然電視影集也不錯，但是電視影集沒有像書中有那麼多的名言佳句。特別是電視影集多以短句所組成，如果學英文以電視影集為主，將無法養成閱讀長篇文章的能力。

更進一步來說，書籍的好處不僅在於有優秀的文章，更因為**英文學習的最終目的在於培養一個能夠透過閱讀與聽力獲得資訊**、**透過寫作與口說表達自我主張的人**。而獲得資訊最好的來源，就是書籍或報紙。透過書籍學習已經確立的主要理論，透過報紙（包含網路新聞）則是獲取最新的資訊。

尤其是進入網際網路這片英文之海中，那種彷彿在淺灘中乾渴枯竭的感覺，而是猶如在廣闊的海洋中自在優游。試著尋找相同的資料，並比較知識家與wikipedia.org等擁有龐大資料的網站。光是用龐大這樣的詞，還不足以說明這些英文網站資料的豐富，而這些詳盡深入的分析資料，更足以讓我們所擁有的資料相形失色。從這些妥善分門別類的資料來看，便可知道英文是網路資料的霸主。

在閱讀書籍時，特別是在閱讀兩百頁以上的長篇英文小說時，有幾個必須注意的要點。首先，**在第一次閱讀時可以不求甚解，只要帶著輕鬆的心情閱讀，同時試著掌握整個故事的脈絡即可。之後隨著閱讀量的增加，理解力將以等比級數提高，並累積閱讀書籍的信心。**

雖說如此，但是並非要求讀者在完全看不懂的情況下，仍要繼續閱讀下去。尤其是生字太多，卻又勉強閱讀，這麼做只是白白浪費時間。正如前面曾經提到的，一味執著於了解每個單字的意義，每當有生字出現時便翻查字典，將會喪失閱讀的樂趣；而不知道的單字太多，導致無法掌握故事情節，卻又繼續追趕閱讀的進度，這也是不恰當的行爲。

我推薦的方法是閱讀某種程度上適合自己的書籍，如果出現一定數量以下的生字時，以類推方式閱讀，並且將這些生字標示起來，**在全部閱讀完後，利用時間製作單字表或單字卡。記住這些單字後，這些單字不久後在其他小說中也會再度出現。**

選書方法

關於閱讀，我經常聽到的問題是：「該選擇什麼領域的書呢？」我認爲什麼類型的書都不重要。例如近來因應各種考試，市面上推出許多關於環境問題、科學技術、生態學、哲學或社會學等書籍，各種類型應有盡有。有必要鎖定特定類型的書籍來讀嗎？

以小說爲主，努力閱讀、持續背單字的話，即使沒有閱讀特定領域的書籍，我認爲也不會有太大的問題。因爲小說中的句子結構最複雜，也最多樣化，所以在閱讀其他領域的書籍時，只要替換爲類似的單字即可輕鬆理解。首先最重要的，就是閱讀有趣的書籍。

還有一點，**閱讀時盡可能先將選擇的書籍讀完**。

所以一開始最好選擇大約一百頁左右的書籍，讀過幾本後，再選擇稍有厚度的書籍。所有書籍最重要的選擇標準，就是必須是自己感興趣的類型。選出適合的書籍後，**與其說是用眼睛或大腦閱讀，不如說是用屁股閱讀，每當坐下來閱讀時，一定要有非得坐上三十分鐘以上不可的覺悟**。按部就班地讀過這些書後，不知會對自己感到多麼驕傲，對英文的自信心也不知會提高多少呢！

**唯有累積這些經驗，才能養成堅持學好英文聽、說、讀、寫的習慣**。相反的，如果開始出現半途而廢的態度，不僅無法堅持到底，更會進而出現闔上書本的動作，養成有始無終的壞習慣。**期盼各位讀者務必以手中的那本書徹底磨練自己的意志，並努力習慣閱讀**。唯有累積這些經驗，才能夠具備閱讀英文書、以英文對話的自信心。

我曾經下定決心，要讀完大兒子讀完留下的布蘭姆・史托克（Bram Stoker）的原著小說《卓九勒伯爵》（Dracula）。因爲全書共計五百多頁，需要相當大的決心。可是越往下讀，越是深陷其中。這部小說値得一看的不只是吸血鬼間的爭鬥，男女間的情愛與朋友間的友情等等，也都令人刻骨銘心，眞不愧是一部世界名著。讀完本書，在大兒子學期結束歸國時，曾與他聊到這部小說。

「老大啊，《卓九勒伯爵》這本小說眞値得一看，我原以爲那只是本充滿血腥場景的小說……。」

「沒錯，我也深受感動。如果那只是一部充滿血腥場景的小說，而沒有深刻的心理描述，只會被當作三流小說逐漸被世人遺忘。」

讀完這本小說後，我開始對吸血鬼小說產生了濃厚的興趣。某天一位學生帶來一本名爲《向達倫大冒險》（The Saga of Darren Shan）的翻譯小說，透過他得知這是一部吸血鬼小說，一旦到手，豈有錯過的道理。於是上amazon.com購買十二本原著小說系列，開始讀了起來。由於是中學生程度的成長小說，並融合吸血鬼小說的特色，因此對男女間感人肺腑的愛情並沒有太多著墨，但是書中瀰漫的懸疑與驚悚氣氛，仍令人感到無比的震撼。

又在某天不經意翻閱《國際先鋒論壇報》時，得知當週《紐約時報》暢銷書榜首爲《歷史學家》（The Historian），這部小說是將曾經眞實存在的卓九勒伯爵的相關新發現文獻，做某種程度的加工潤飾所寫成的小說，於是立刻買入八百五十頁的原文書，開始讀了起來。在樂趣與耐性參半中，將本書讀完。

最近打算閱讀《暮光之城》（Twilight）、《新月》（New Moon）等美國作家史蒂芬妮・梅爾（Stephenie Meyer）的四部系列小說，因此先將該系列買了下來。

目前正在讀大兒子去約旦大學前留下，可以稱得上是歷史類型書籍的《Guns, Germs, and Steel：The Fates of Human Socities》，原本懷疑歷史書能寫得比小說有趣嗎？然而在閱讀的過程中，卻不斷因爲作者廣博的知識，每一天都受到不小的震撼，目前正持續閱讀中。這本書的翻譯本爲《槍炮、病菌與鋼鐵：人類社會的命運》，最近報紙也介紹是首爾大學學生最常閱讀的書籍之一。艱深的內容卻能以淺顯易懂的英文詮釋，字裡行間穿插著作者淵博的知識，我建議盡可能閱讀英文原文。能深入淺出地敘寫沉重的主題，獲得普立茲獎果然實至名歸。

在此介紹幾本讀過的英文書籍，是因爲早已下定決心不讀翻譯書。因爲讀原文書時，作者選用的字詞通常具有完全不同的意義，整體感動的程度、恐懼的程度等，也全然不同。尤其書中有許多的表現，在儒家溫文莊重的文化中是找不到的，像這樣的感受就無法被正確傳達出來，所以建議讀者盡可能閱讀原文書。尤其家中如果有小孩子，按照我所介紹的方法加以訓練的話，相信孩子們將會非常快速地愛上閱讀。

tip

## 為什麼要讀英文小說

- 英文學習最終的目的，在於培養一位能夠表達自我主張的人，而書籍是滿足這個目標的必要條件。
- 透過小說中的句子，自然而然能夠了解單字在句子中的用法。在閱讀小說的同時，先試著推敲生字，並加以標示，之後一定要進行確認的動作，製作單字表或單字卡幫助記憶。
- 在原文書中，存在著翻譯書無法表現出的作者的想法或情感的強度。閱讀原文書，是可以與作者親自面對面的機會。

# 別靠眼睛，要用嘴巴

## 聽說教學法

爲什麼學英文要靠嘴巴？就像腳被設計用來走路一樣，語言本身就必須透過嘴巴學習。儘管如此，**多數的學習者仍以眼睛學習英文，難道就不能以眼睛來學習英文嗎？然而這就像人不以腳走路，而是用手走路一樣的道理**，用手走路不僅費力，也沒有效率，所以儘管用眼睛學習英文是可行的，卻是白費力氣，事倍功半。**同樣的時間內，用嘴巴學習會比用眼睛學習至少高出3～4倍的學習效果**。因爲在大腦的神經中樞中，與嘴巴的聯結比眼睛更爲密集。

這並非我個人的理論。在語言學習理論中，有一個公認最具效果的「聽說教學法（Audiolingual method）」，強調用嘴巴不停大聲朗讀句子。這是在美國參加二次世界大戰時，由頂尖語言學家開發的ASTP陸軍特殊訓練計畫中所發展出來的。這個計畫提高執行的強度，在每天十小時，一週六天內密集訓練，以期短時間內培養出翻譯兵、翻譯軍官。據說在三個月後，就進步到能夠基本溝通的程度。

畢業於首爾大學英文系，爲韓國最先開發英文CD-ROM的SEOIL SYSTEM朴容社長，也強調要在位子上大聲反覆朗讀百遍以上。如此一來，反覆練習的內容將藉由共鳴現象逐漸累積在大腦中，日後自然能夠隨心所欲的應用。根據加速度法則，花費在學習新句子的時間將大幅減少。

透過大聲說英文學習法，我親身體驗了這種共鳴現象與加速度法則。因爲**加速度法則的作用，起初雖然稍有困難，不過越練習越加熟練，速度也會增加，並且更能掌握句子意義**。在我所教的孩子中確實完成作業的人，經常在一個月內就能體驗到這種成果，父母也感到非常驚訝。最少在三個月內，多數的小孩都能自行體驗到英文突飛猛進的感覺。

## 增加開口的次數

大聲說英文學習法，與強調將整段句子背起來的另一種學習法不同。**大聲說英文學習法強調的是大聲朗讀，藉此培養語感**，與要求孩子將整段句子背起來，讓孩子苦不堪言的方法全然不同。當然，相較於其他方法，將整段句子背起來的方法算是較好的方法。不過如果沒有大聲唸出整段背好的句子，也不會有太大的幫助。尤其大聲朗讀時，不需要太多的努力，便能自然而然練習到英文的四大領域，如果一定要背下來，那真是一項苦差事。就像我前面所強調的，如果背過一遍就能牢牢記住，那麼問題就不一樣了。

大聲說英文學習法不全然是輕鬆簡單的方法，一定要練習到喉嚨腫脹、口乾舌燥的程度。前面也曾強調，一天至少要練習兩小時以上；朗讀時，必須快速、清晰地發出聲音才行。若非如此，效果將大打折扣。

藉由這樣的練習，幾乎每週都可以清楚感受到英文正在進步。起初自己的發音並不流暢，過一陣子忽然變得流暢，發音也變得更加柔順。以這種方式持續進行，英文學習將變得充滿樂趣，內容的掌握上也更加有趣，讓人欲罷不能。當然，如果父母承諾達到某種程度就給予獎勵的話，效果會更加顯著……。

**使用嘴巴學習，意思不只是以嘴巴朗讀書本，還包含要積極活用嘴巴的意思**。許多語言學校聘有外籍教師，而外籍教師其實都希望與學生互動對話。不過我不能理解的是，究竟有什麼重要的內容需要筆記，以至於必須埋頭猛寫，不肯與外籍教師有視線上的交會。

從前面開始不斷強調要大聲朗讀書籍，但使用嘴巴的功能不僅止於此，這點希望各位讀者能夠有所理解。在閱讀書籍，特別是大聲朗讀書籍時，大部分提供學生朗讀的教材就已足夠，但是如果平時沒有養成與外國人對話的習慣，在重要的場合也開不了口，因此若有機會與外國人接觸，一定要努力嘗試主動開口。

在此我要強調現場實作的重要。百米短跑選手即使在獨自練習時刷新9．5秒的世界紀錄，如果沒有在田徑場上練習，適應在觀眾等各種聲音圍繞的環境下比賽的話，就不可能達到自己獨自訓練時創下的世界紀錄。英文學習也是如此，即使一個人努力透過嘴巴練習提升了英文實力，也要實際與外國人練習對話，才能建構扎實的英文能力。

如果要說我在整本書中最想強調的部分，大概就是「一定要用嘴巴學英文」。**語言學習一定要靠嘴巴**。

二〇〇〇年我在英國時，一架超音速客機於巴黎戴高樂機場起飛，隨即於巴黎近郊的鄉間住宅區附近墜毀，機上人員全數罹難。因爲一九九〇年代後期喧騰一時的關島事件（譯註：一九九七年一架大韓航空班機從首爾飛往關島，於降落時墜毀山間），我心想，這時巴黎近郊應該陷入一片混亂了吧？然而出乎意料地，幾乎沒有家屬或親戚等人趕到現場引起騷動。那時我想起了關島事件。誰對誰錯總會有水落石出的一天，但是當時韓國家屬卻一窩蜂擁向關島，衝破美軍兵力部署的封鎖線，爲了尋找深愛的至親，奮不顧身地衝下山谷。當然，他們深愛的家人早已是一具冰冷的遺體。並不是無法理解他們焦急無助的心情，但是應該遵守現場維持秩序的美軍指示才對呀。

我想說的是，如果非得將人命換算爲金錢的話，在關島事件中，韓國死者家屬可以獲得每位罹難者約六百六十萬台幣的罹難金，而在巴黎近郊罹難的客機乘客，其家屬可以獲得每位罹難者約一千三百二十萬台幣的罹難金。將法律行爲全權交由律師處理，自己守在原本的工作崗位上，並等待判決結果的客機罹難者家屬，反而獲得更令人滿意的結果。

我們必須學會如何表達自我主張。**既然學了英文，就要學到能以英文表達自我主張的程度**。在國際會議上，不要只是消極參與，而是要構思提案內容，向與會者發表與說明，積極參與國際會議，英文一定要學到這樣的程度。如前所述，要學到這樣的程度並不困難。因爲用嘴巴學英文很容易，所以實際透過嘴巴學習後，就會了解英文很簡單的道理。

前面曾經提及，大兒子在康乃爾大學的阿拉伯文表現優異，秘訣就是在自己的宿舍持續以嘴巴練習。之後大兒子聽從康乃爾大學阿拉伯文系教授的建議，以交換生身分至國立約旦大學，選修以阿拉伯文授課的中東史課程。在出發前往阿拉伯的前幾天，也在韓國的家中整晚喃喃自語地讀著阿拉伯文。

tip

## 大聲說英文學習法的閱讀本質

- 不是將整段句子背下來，而是培養語感的訓練。
- 一天至少大聲朗讀兩小時以上。
- 現場實作非常重要。在外籍教師的課堂上，一定要開口說話。
- 不只是英文，其他語言也能夠以這種方法學習。
- 聽說學習法證明了這種方法的效果。

# 善用美國影集

## 電視腳本與美國影集

利用美國影集學習英文，趣味性當然是最基本的，除此之外不僅能提升聽力能力，更能進一步練習口說，達到一石二鳥的效果，可以說光是利用電視影集，就足以達到英文學習的效果。當然在這種情況下，必須搭配額外的閱讀練習。

許久前曾思考學習英文是否有一箭雙鵰的好方法，後來發現**利用美國影集來訓練口說與聽力，是最適合不過的方法**。

不論是向哪一位名師學習口說，只有一次的對話經驗，不可能就此學好英文口說。唯有持之以恆地反覆練習，才有可能成爲自己的東西，沒有人能說一口流利的英文，正是因爲沒有人能眞正克服這些挑戰。試著大聲朗讀美國影集的台詞十次，甚至是二十次，並且感受其中的變化吧！原本不管聽到什麼，都覺得像是沙子跑進機器一樣尖銳刺耳，漸漸地英文聽力像是上滿潤滑油的汽車引擎一樣，運轉得非常順暢。

此外也請張開嘴巴，盡其所能地說吧！你將會感受到原本嘴巴像是被綁住說不出口的英文，正緩緩的流洩出來。就連睡覺時，也是用英文作夢。在我近乎瘋狂似地大聲朗讀英文的那段時間，內人曾在晚上將我搖醒，對著我說：「你剛才在教英文！」這樣的情景仍記憶猶新。然而**美國影集必須使用有系統的方法學習才行，不是漫無目標地收看好幾次就會有效果的**。

## 選擇電視影集的條件

用美國影集學英文，**首要條件就是「選擇優良的電視影集」**。**盡可能避免動作片，選擇對話較多的電視影集**。第二，**一定要找到電視腳本**。如果沒有電視腳本，就算收看美國影集，也只是在享受收看電視節目的樂趣而已，與提升英文實力沒有任何關係。想必各位讀者都有過第一次聽不懂，之後就算聽了十遍、百遍，依然聽不懂的經驗吧？因此若能對照著腳本，了解什麼樣的句子會聽到什麼樣的聲音，便能輕鬆達到練習英文聽力與口說的效果。

只不過在此要強調的是，收看美國影集時，必須將之視爲一個一個的片段，**如果沉浸在看電視影集的趣味當中，而忽略大聲反覆朗讀，或是一味追趕進度的話，對聽力、對口說都不會有任何幫助，這點請務必記住。**

因爲這一部分非常重要，有必要再向各位讀者強調。一開始務必要多次反覆地大聲朗讀電視腳本的台詞（起初先掌握對話部分，之後爲了培養向其他人說明整個故事架構的能力，建議也可以一同掌握敘述的部分）。至於要大聲朗讀幾次，這當然是按照個人的能力而有所差別，不過基本上最好以十次起跳。

如果這種程度仍聽不懂，最好再重新朗讀十次。由於大多數美國影集的長度在四十五分鐘左右，一次讀完也可以，不過若是感到吃力，可以將台詞分爲前半部與後半部，一次的分量就以一半爲限，或是再增加每一集學習的次數，也是不錯的方法。

之後在沒有字幕的情況下收看電視影集，測試自己能夠聽懂到什麼程度，又聽到了多少。若有聽不懂的部分，最好再拿出電視腳本來看，確認是什麼樣的台詞。接下來隔天或是幾天後，再以同樣的方式練習後半部。如此一來，隨著聽懂的部分不斷增加，不僅對聽力有所提升，也因爲多次朗讀，對使用生活英文產生極大的幫助，這點已不必多加描述。

總而言之，利用電視腳本多次反覆地大聲朗讀，並且享受收看電視影集的樂趣，是征服英文口說與聽力最好的方法。只是這種方法最好避免動作片電視影集，因爲這類電視影集以聲光動作爲訴求，而非對話，同時眼睛會比耳朵更專注於電視影集。另外，**如果沒有電視腳本，將無法在訓練過程中確認自己聽不懂的部分，建議各位讀者務必搭配電視腳本學習。**

儘管這種以大聲朗讀熟悉電視腳本的方式值得推薦，不過在收看電視影集的同時，**一邊攤開腳本朗讀，對於英文聽力練習完全沒有幫助，這點請務必記住。**因爲即使朗讀英文字幕，也只是朗讀英文句子而已，這時耳朵完全沒有發揮作用。所以**一定要在事前或事後大聲朗讀電視腳本才行。**

tip

## 善用美國影集的方法

- 在收看美國影集前，先徹底將電視腳本大聲朗讀後再來收看，耳朵便能聽得非常清楚。
- 可以找到電視腳本的網站：

—http://www.dailyscript.com/movie

—http://www.twiztv.com

# 培養聽力能力

## 有原稿的聽力資料

**培養聽力能力最好的方法，就是持續與外國人接觸，並且與他們聊天，**但是實際上並不容易出現這樣的機會。不過最近如果想要多接觸外國人的聲音，透過CD或錄音帶就能夠滿足需要，也有不少網站上可以聽見外國人播報英語系國家的新聞。善加利用這些資源也是不錯的方法，不僅不必花錢，還能夠吸收各種領域的新知。

正如前面所強調的，練習聽力時，最重要的是一定要有腳本。近來選購書籍時，常有可以同時加購的影音CD，買下來搭配學習是非常不錯的。總而言之，**一定要配合腳本進行，英文聽力練習才會有效果。**

像是Audible.com這類付費網站，擁有上萬本書籍的朗讀檔案，能夠以相對低廉的價格下載，而網站上朗讀的書籍，多數在大型網路書店都可以買到，在現今的社會，只要花點心思，就能輕鬆買到需要的書籍與影音資料。尤其是加入會員一段時間後，每到可以免費下載的時間，便會寄來關於該書的介紹，只要多加利用這些機會，就能免費下載暢銷書的影音檔案。不只這些付費網站，進入google.com搜尋「free audio books」，便能免費下載許多著作權已消滅的書籍檔案。

近來MP3技術蓬勃發展，下載國外新聞的影音檔案加以利用，變得越來越簡單。透過這種方式取得影音檔案，在上下班時間或閒暇時，將耳機掛在耳朵上，即可進入聽力練習。至於聽不懂的部分，可以在回到家後，找出原稿再次確認聽不懂的地方，經過這樣的訓練，聽力能力將突飛猛進。

學生時期聽力佔考試的一部分時，或是準備留學考試時，盡可能選取書中兩到三頁的篇幅來練習聽力，這種方法頗值得推薦。最近TOEFL測驗中，聽力題目篇幅加長已是普遍趨勢，增加聽力練習的長度，對實際考試也會有所幫助。

建議一開始不要太貪心。也就是說，**不必期待自己一開始就要全部聽懂**，我讓學生練習聽力時，前兩次要求邊聽邊看書。第三次收聽時將書本放在一邊，聽完後再重新翻開書本，確認之前不看書收聽時不懂的地方，最後不看書再重新收聽一遍。

最理想的情況是在經過這樣的練習後，立刻或是實施下一節課聽寫測驗。在緊張的情緒下測驗，有助於確認是否眞正了解自己原以爲聽懂的部分。這種訓練可以作爲實際TOEFL口說測驗的基礎。TOEFL口說測驗中，將聽到的內容簡單記錄下來，再應用於實際口說測驗中，最重要的就是將所聽到最核心的內容記錄下來，接著再運用於口說答題。然而這項能力要透過聽寫測驗持續練習才能養成，如果只是單純練習聽力，無法得到更好的效果。

我們全家前往英國時，有一對夫婦招待我們享用晚餐。當時，女主人告訴**我們收看英國電視時千萬要注意的事情，那就是在收看電視時，絕對不要打開字幕**。在英國，爲考量到聽障者，有些電視會在下方顯示字幕，這位女主人起初覺得內容很無趣，於是開始讀起下方的字幕，沒想到這麼一來，每次看電視時，一定要打開字幕收看，養成這個習慣後，即使在英國待了將近兩年的時間，英文聽力依然不大好，甚至連開口說英文也變得困難，因此特別叮嚀我們，不管內容多麼枯燥乏味，也絕對不要打開字幕。

沒錯。**因為一邊閱讀英文字幕，一邊收看電影或電視影集，不過是閱讀的練習，而非聽力**，關於這方面，筆者有件事要特別拜託各位讀者，雖然這個方法有些簡陋，不過這是讓孩子練習英文聽力的最佳方法。在讓孩子收看衛星電視的兒童英文節目時，將紙片貼在電視下方，讓孩子在沒有字幕的情況下收看，能夠做到這樣的父母，就是聰明有遠見的父母。

## tip 可以練習聽力的地方

- ABC News
  最具代表性的外電新聞。
- ABC News Radio
  ABC廣播新聞網。
- Amateur Radio Newsline
  業餘無線新聞。
- American Poetry
  美國詩人分享詩的網站，也可聽見詩人的原聲。
- BBC Learning English
  在BBC News英文學習中心的下載清單中，提供影音檔案與腳本稿。
- CBC News Online
  加拿大新聞網。
- CBS 60 Minutes
  CBS News老牌節目「60分鐘」的網站。
- CBS News
  美國新聞網。
- CNN Justice
  處理法庭新聞的CNN網站，提供新聞影片。
- Comedy Central
  以電視喜劇爲主的網站，提供喜劇影片。
- C-SPAN
  美國有線電視網。
- Daily English
  可收聽英文的網站。內容多元，涵蓋新聞到會話。須加入會員。
- Earth & Sky
  科學相關網站。提供與科學相關的各種影

音檔案與腳本稿。

- ESL Cyber Listening Lab
  可自由收聽英文、回答問題、整理單字、例句等的免費網站。
- Free Speech Radio News
  獨立廣播電臺。
- Free Speech TV
  非營利電視臺。
- Green Works
  園藝相關網站，有Green Works TV與Green Works Radio。
- Human Nature Review
  大學網路雜誌，可閱覽知名學者的優秀文章。
- IRN
  獨立新聞電臺。
- KBS world
  由KBS提供國內新聞英文服務，提供報導與VOD。
- Listening English
  專業英文聽力網站，提供不同語言類別的網頁，可收聽專業主播朗讀各種主題文章的正確發音。
- Living On Earth
  環境相關網站，除環境之外，亦涵蓋不同領域。
- Market Place
  專業經濟網站，可接觸與經濟相關的各種報導與影音檔案。
- NPR(National Public Radio) News
  公營廣播新聞網，提高報導與影音檔案。
- Stardate Online

以宇宙行星爲對象的英文網站。

- The Auto Channel
  汽車資訊網站。在Video/Audio清單中，提供以汽車公司爲分類的汽車相關影片。
- The Bible in MP3 Audio Format
  提供聖經的MP3檔案。
- Travelago
  可欣賞世界觀光名勝的影片。
- TVW
  提供美國國內政治與其他議題的影片。
- tru TV
  以犯罪事件爲主的網站，提供新聞影片。
- UCTV
  加州大學提供的知識頻道，內有演講等影片。
- United Nations
  聯合國網站。
- US Chamber of Commerce
  美國商業總會網站。
- USA Radio News
  美國新聞網。
- White House
  白宮網站。
- Zilo
  譯註：zilo應是一個搜尋引擎網站。
  以大學生與成人爲對象的搞笑網站。

# 培養口說能力

## 學英文還要顧面子？

到目前爲止，如果閱讀、聽力是被動了解對方表達的意思，那麼口說、寫作則是積極表現自己的意見。這一點也可說是很多人最害怕的部分。因爲特別害怕犯錯受到他人的嘲笑，於是乾脆不表達自己的意見。俗話常說：「言多必失」，但是我經常把它改成「**開口說對是一百分，開口說錯是五十分，不開口永遠是零分。**」藉此告誡學英文的學生。學習知識的人爲何如此害怕犯錯，這與文化有很深的關聯。

我們必須了解，沒有任何一個辦法可以兼顧面子與學好英文。冷靜地分析自己是否眞有丟臉的地方，就能變得更加勇敢。**如果說學英文丟臉，究竟會丟臉到什麼地步去呢**？

爲什麼到了英文課，就不開口說話了？因爲怕犯錯丟臉。這對時下年輕人尤其是錯誤的文化。自己不以英文發言，卻以微不足道的錯誤嘲笑發言的孩子，讓那孩子感到丟臉，同時也把那孩子同化爲像自己一樣不會說英文的軟腳蝦。

只要遭遇幾次這樣的經驗，原本願意開口的孩子逐漸喪失強烈的學習意志，最後放棄開口說英文。然而我在與家長溝通的過程中，發現父母也主導了羞恥文化。

「我家孩子內向害羞，不願意開口說英文，這沒關係嗎？」

「當然有關係，就算用盡辦法也要讓孩子嘗試。最近TOEFL有25%成績是口說。如果害羞的話，就只能放棄全部的口說成績。而且進了公司後，只有會說英文的人可以接待外國人，這些人未來也將可升遷。說內向害羞的話，不就得放棄這一切了嗎？」

「那麼，可以用什麼方法讓孩子開口說英文呢？」

「首先讓孩子確實完成我所指派的錄音作業。錄音時，請要求孩子務必大聲唸出。」

最近的家長爲了不讓孩子感到挫折，付出相當大的努力。然而**我認為不讓孩子感到挫折，並不是避免他們犯錯，而是給予他們鼓勵，讓他們即使在學習過程中犯錯，也不因此感到丟臉**。一直以來，我都盡力鼓勵孩子勇於發表自己的意見。若有其他孩子因爲報告的孩子犯錯而哄堂大笑，我一定給予嚴厲的責備：「比起怕犯錯而不敢吭聲的你們，他的表現更值得肯定……。」

## 開口學習

在小學堂的資優班上，經常和美國老師共同進行約一小時的課程。事先將《國際先鋒論壇報》編輯爲書面與影音資料發給孩子後，解說困難的生字，再讓孩子們大聲朗讀，接下來的課程等美國老師進班後一起進行。我會針對報導內容不斷以英文向美國人提問。

舉例來說，在最近的報導中，有一篇內容是「因應二十一世紀的到來，歐洲的社會福利制度被提出討論」，這時我向美國朋友提出這樣的問題：「According to this article, why America and China are studying to adopt the outdated European welfare system, Mr. Baker?（Mr. Baker，根據這篇報導，爲什麼美國與中國要研究採納過時的歐洲福利制度？）」這位美國朋友綜合報導內容與自己的見解後，告訴在座的學生。接著我問學生：「According to Mr. Baker, what are the reasons that America and China are studying to adopt European welfare system?（根據貝克先生所言，爲什麼美國與中國要研究採納過時的歐洲福利制度？）」邀請學生發表自己的意見。

雖然這種方式非常有效果，但是實際施行兩次後，根本沒有任何一位學生回答，只好告訴美國老師這個方法的可行性仍待商榷，暫且保留這個方式。十五天後在家長座談會上，該班學生家長認爲這種方式的課程似乎大有幫助，希望我日後繼續進行。學生們雖然沒有當場回應，卻立刻問我：「如果就此放棄的話，之後要做什麼……。」因此我向學生家長保證，之後會立刻重新採用這種方式。

在之後的第三堂、第四堂課上，回答問題的學生開始大幅增加。儘管能夠以完整句子表達個人看法的學生仍不多見，不過無論如何，對於勇於回答的學生，我會根據小學堂內部實施的獎勵制度給予獎勵。

當然，即使我的英文並非頂尖優秀的程度，我仍希望嘗試這種英文教育法，也認爲這是讓學生張開嘴巴最好的手段，於是開始推動這樣的教學，並不是因爲我有信心能夠不出任何差錯。但是學生中有一些曾被我責備過的人，只要我有任何一點小差錯，便興奮無比的拍手大笑。尤其是我習慣使用的口頭禪出現，或是又使用了這樣的口頭禪，反應更是格外激烈。我通常不理會這些學生的態度，繼續與外籍教師對話，一邊向學生提問。

其實最重要的是，相較於我一個人唱獨腳戲的課程，這種方式大幅提高了學生對課程的集中度。與外籍教師共同進行時，學生專心到連呼吸都可聽見，因爲自己一被點到，就算是用簡答的方式，也要立刻回答問題……。

前面曾經稍微提過，許多人以爲只要和外國人自由對話，口說能力就會大幅增加。不過經過仔細分析，自由對話有70％的效果是聽力的提升，僅有30％是口說。所以想要有好的口說能力，最終仍必須努力學習眞正有幫助的方法才行。如果各位讀者能夠按照目前所說的，手中拿著某本書，用嘴巴朗讀十遍至二十遍，努力讓這些東西成爲自己的一部分，那麼在與外國人對話時，將會感受到自己竟能滔滔不絕地說出英文。

當然一開始必須這樣反覆練習，但是隨著英文速度逐漸加快，口說、聽力也培養到一定的程度後，就不需要這樣大量反覆練習。也就是說，**如果沒有練習大聲朗讀，口說絕對不可能進步**。

tip

## 如果想說一口流利的英文

- 丟掉面子問題。
- 錄下我提到的資料，多多收聽。
- 不要嘲笑別人的錯誤。如果被嘲笑也別感到挫折，繼續努力練習開口說。

# 作文寫作

## 英文作文結構單純

多數補習班同時教授英文聽、說、讀、寫四大領域，也有許多學生家長向我提出這樣的問題：「我們什麼時候寫作文啊？」對於這些問題，我的回答總是那幾句：「一開始要打好單字基礎，並透過大聲朗讀熟悉語感，口說也要達到一定的程度後，最後才進入寫作，這樣的順序才是正確的。」

英文作文通常先將結論放在文章開頭，接著透過具體實例或論證等，支持結論的正當性。而在結尾部分，只要提及開頭所下的結論，並加上自己的主張即可。此外，如果在英文作文中加入像韓國繁縟體這類沒有太大用處的字句，增加文章長度的話，反倒會被扣分，因此不需要冗言贅字，扼要清晰地表達自己的主張即可。

上回小兒子爲了爭取外語資優生身分進入外語高中，勤加練習英文作文寫作，而我從旁指導批閱，卻無法給他的作文任何分數。因爲小兒子在序論部分羅列重點，並在正文部分詳細說明這些重點。

「老么啊，你在哪裡學到這樣寫作文的？」

「去年暑假姊姊上江南區兩個月的短期補習班時，就是這樣寫的，拿到了很高的分數耶。」

「英文論文、作文我全寫過，但是這樣的寫法不可能受到認同。」

「就跟你說過啦，那麼爸你去問姊姊。」

「用這種寫法獲得高分是事實嗎？」

「是。」

「如果用這種方法寫作文卻獲得高分，爸爸認爲這個老師也有問題。」

「爸，那麼你寄信去問在美國的哥哥，看看他是怎麼想的吧？」

「也好。」

也許認爲這是個重要的問題，大兒子隔天立刻回覆自己的看法。他認爲沒有像這樣在序論部分羅列重點，並在正文部分詳細說明的英文作文。最後小兒子有點喪氣地接受我的指導方式，結果以十五天的密集作文練習通過明智外語高中的入學許可。

我認爲學好英文最好的方法，就是嘗試以英文進行debate（討論）。透過討論，確認自己是否具備以自己的看法說服他人的能力，並且掌握提升說服力所必需的條件，同時減少多餘的贅字，避免可能引起誤會，或在詰問對方時可能引起不必要爭端的措詞，有條有理地表達自己看法，如此才是獲得高度評價最好的方法。

尤其背景知識的正當性（justification）是較容易有問題的部分，如果能夠同時引用適當的例子，獲得高分就是理所當然的事。因此最好盡可能透過英文新聞的閱讀，大量吸收全球議題，這不僅是爲了閱讀能力，對寫作能力的培養也很重要，請務必記住這點。在本書其他地方也曾經提過，適當的例子通常比任何一種論證來得有效，只有韓國人所知的例子並不具有說服力，必須了解全球的情況，提出適當的例子佐證才是。

在英文作文寫作這方面，建議閱讀美國College Board所推薦的書籍。特別是出題率高、經常被引用的亨利・大衛・梭羅（Henry David Thoreau）的《湖濱散記》（Walden）等，這類內容涉及現代環境、能源議題的書籍或小說，一定要多加閱讀。另外也建議閱讀與科學技術的界線、倫理等議題相關的瑪麗・雪萊（Mary Shelley）的《科學怪人》（Frankenstein）；還有雖然不是推薦書，卻以深入刻劃人類的歷史、文明以及命運而獲頒普立茲獎，同時也是一本暢銷書的《槍炮、病菌與鋼鐵：人類社會的命運》。雖然上述僅舉出極少數的作品，不過仍建議盡可能大量閱讀數十本的推薦書。

除了書籍之外，希望讀者也能訂閱《國際先鋒論壇報》，可以在閱讀的同時，試著思考爲什麼會下這樣的標題，並思索報導內容爲何會如此呈現。若能做到這樣的練習，便能了解編寫新聞者最想要強調的部分是什麼。

作文是英語系國家文化的一部分，甚至在ＳＡＴ測驗中也必須寫好作文。在我們看來可能覺得有些困惑，考生多達兩百萬人的ＳＡＴ考試，作文範圍怎麼可能涵蓋所有的領域？但是實際上所有領域都可能使用英文作文。所以如果有計畫前往英語系國家求學，就必須徹底練習寫好作文。

在美國的大學，經常在簡單的教學後，出題讓學生即席作文。不過卻有人誤以爲這是隨筆散文，因此若能徹底掌握概念，確實寫好作文，那麼到美國讀書就變得更簡單，也能獲得更高的學分。廣泛練習與涉獵是必要的，想要建立一個公式，接著利用這個公式去套用任何一個領域的想法，最好盡早放棄。這樣的作文必定顯得八股又蹩腳，會獲得高分一定有問題。再次強調，英文作文一定要廣泛練習。

## tip 如果想要寫好作文

- 作文形式以破題法爲主。
- 試著以英文debate，作文實力必可增加。
- 爲累積背景知識，一定要勤讀College Board的推薦書或英文報紙。
- 英文作文並非我們所認爲的隨筆散文，別忘了這是英美系國家文化的一部分。

# Chapter04

# 效果加倍的大聲說英文學習法

在小學階段為家中小孩打下學好英文的基礎，
我認為這就是為孩子一生準備最棒的禮物！

# 從小學就學好英文

我家孩子因爲在小學就打好英文的基礎，在沒有多數家庭中常有的衝突與對立之下度過青春期。孩子們一邊閱讀英文原文的世界名著，陶冶豐富的性情，一邊度過整段充實的青春期。

現在來看看目前只是小學四年級，但是在我的小學堂就讀六個月後，已經能夠閱讀成人版英文聖經的惠敏，以及其他類似的孩子。這樣的孩子不只有一兩位，所以不能說這樣的情況只發生在我家的孩子身上。

再次強調，英文其實很容易，而且更重要的是，英文非常有趣。可是目前爲止都只覺得枯燥乏味，那是因爲錯誤的、艱深的教學所致。

就像本書一而再、再而三強調的，如果提高背單字的強度，進行以嘴巴爲主的訓練，英文就一點也不困難。對小學生來說，英文也很容易。如果沒有推動讓英文樂趣盡失的首要因素——發音教學，沒有在小學四、五年級開始實施文法教育，搞得孩子暈頭轉向，那麼學英文就會是一種樂趣，一項娛樂。

如果學英文成爲孩子的樂趣與娛樂，那麼孩子在小學結束前，即可達到大學生的英文程度，另外不管是要就讀外語高中，還是準備大學入學考試，也不會因爲英文而浪費大量的時間。

在二女兒參加大學模擬考前，或是在學校考試前，我幾乎沒有看過她額外花時間準備英文。因爲即使不了解文法，也能在任一選項中找出主旨，或是分辨出不自然的文法，完全沒有問題。她將一般孩子準備英文所花費時間的80%以上拿來準備其他科目，因此其他科目的在校成績一向不錯。

如果高中生或國中生將準備英文所花費時間的70%以上用在準備其他科目，我想其他科目的在校成績勢必會突飛猛進。

可是也曾經有這樣的情況。有位國中生向我學過一部分的《納尼亞傳奇》，打算把整本書看完，於是把書帶到學校去，在自習時間拿出來讀，卻被老師抓到，質問「沒有學好文法，爲什麼還在讀這種書?」那位學生解釋自己能夠看懂這本書，話才說完，老師卻以學生反抗爲由，要扣學生成績。鮮少告訴父母學校事情的孩子，不知受到了多大的委屈，竟在媽媽面前哭個不停。這位媽媽平常也不是有事就到學校去的人，後來親自到學校去向老師抗議，要求恢復被扣掉的分數。那位學生後來進入京畿道內最頂尖的幾所知名高中之一就讀。

前面曾經提到，接受解題式教育進入首爾大學或延世、高麗大學的學生中，能夠輕鬆閱讀英文版《納尼亞傳奇》的學生不到20%。而這位學生能夠達到這種程度，書本內容有趣也是其中的原因之一。

**在小學階段，我就為家中的孩子打下學好英文的基礎，我認為這就是為孩子一生準備的最棒的禮物。**英文爲家中孩子帶來的，不是一雙會被太陽熱度融化，讓主人（伊卡魯斯）墜落的「伊卡魯斯的翅膀」，而是一輩子能夠取之不盡、用之不竭的「沙漠之泉」。沒錯，對孩子來說，最重要的不就是培養他們未來能夠獨立自主的能力與性格，幫助他們實現自己的夢想嗎？我想透過英文交給孩子們的，就是這樣的禮物。

提出小學階段學好英文這項理論的頂尖學者，就是在認知主義語言學界達到最高成就的諾姆・喬姆斯基（Noam Chomsky）。根據他的理論，孩子天生具有學習語言的能力，這項能力在十二歲達到最高點，之後開始向下衰退。若根據他的這項理論，在語言學習能力達到最高點的小學高年級學好英文，就是最好的策略。而且這時記憶的單字可以存留在腦袋中更久，因此可以稱得上是最經濟的學習方法。

另一方面，我認爲從幼稚園到小學低年級這個階段，如果能讓孩子有興趣的跟著學習英文，那倒也不錯，不過就算不願意學英文，其實也沒有太大的問題。因爲我家大兒子即使從小學五年級才開始學英文，對日後駕馭英文也完全沒有影響。

在我看來，英文學習可彈性調整，但是最重要的關鍵時期，就在小學四到六年級。在此之前，不管是未曾接觸英文，或是不怎麼認眞學習，都不那麼重要。只要到了四到六年級開始認眞學習，那麼要恢復或超越之前不足的地方，就絕不是問題。我反倒認爲四年級以前，應該讓孩子盡情玩樂，四年級以後認眞學習，效果會更好。

# 完美準備英文考試

## 設定讀書的目的

最近不管到哪裡，都可以看見「自我主導學習」的用語。根據認知心理學的學習理論，這項計畫幾乎任何人都適用。七年前，二女兒國二第一學期期中考，在班上獲得第八名，那時我立刻按照二十多年前所學到的心理學理論，規劃了一套學習計畫。我說服二女兒只要和爸爸一起奮鬥十五天即可，結果該學期期末考得到班上第一名；四個月後，在第二學期的考試得到全校第一名。

在準備考試時，最重要的就是了解爲什麼要考好成績，以及這對自己的人生有什麼樣的影響。如果沒有這種認知，就不可能得到好的結果。在進行自我主導學習時，一定要先確實掌握這一點，若非如此，學生將會否定自己所設定的挑戰目標。總之，對於爲什麼要讀書、爲什麼要考試、爲什麼要有好成績，孩子必須要和父母有同樣的想法。如此一來，就算是成功一半了。

學生家長經常抱怨學校的英文考試沒有鑑別度。在推甄佔非常大比重的英文考試中，如果考差了一次，便會掉到全校二十名外；考差了兩次，便會掉到全校五十名外，當然會讓家長繃緊神經。然而就算如此，只要準備考試時多加謹慎注意，就能夠獲得滿分，沒有必要對此抱怨。各位讀者都知道，射箭選手的獎牌顏色會因爲極小的分數差異而改變。眼中看到的些微變化，將會造成極大的誤差。

## 丟掉影印講義

雖然本書所提出的英文讀書要領，可以更進一步適用於其他科目，不過這不只針對前述考差一兩次以上的孩子，也針對只有考差一兩次的孩子。如果說考差一兩次是一時的失誤，這樣的差異也將擴大成無法跨越的鴻溝。所以即使是因爲個人的失誤而考差，也不能對此鬆懈。

我在幫助學生準備期中考或期末考時，發現學生在學校或補習班拿到英文講義的量，幾乎將近一本厚重的書。就算再怎麼認眞教學，也沒有必要讓學生拿那麼多的講義準備考試吧？因爲講義的量太多，學生好不容易寫完補習班交代的題目後，絕不會再去翻第二次。

因此我認爲，學生沒有考出好的成績，是因爲接觸過多的講義。也就是說，學生在補習班拿到太多的講義，每一份講義根本不可能讀到五遍。

最近的學生變得越來越可憐，因爲各個科目出現了重視所謂「題型」的趨勢，爲因應這股趨勢，補習班與學校不是讓學生練習最具代表性的題型，而是盡可能讓學生練習該題型的所有題目。

學生之所以變得可憐，就是因爲要回答的題目量變得相當龐大。

第二項原因在於學生根本不知道該從什麼觀點來解釋或答題，這個問題更爲嚴重。補習班所發的講義，是將所有蒐集得到的資料影印後發給學生，因爲內容相當繁雜，根本沒有一個核心的論點。

舉例來說，就像某天要求某人透過圓形的窗戶向外看，並描寫外面世界的面貌；隔天透過四角形的窗戶向外看，並描寫外面世界的面貌；第三天透過星形的窗戶往外看，並描寫外面世界的面貌。在這種情況下，就算外面的世界長得一樣，也會因爲看出去的觀點不同而有不同的面貌。目前我們學生所面臨的困難，就是這種問題。

我要強調的是以參考書或自修，也就是以該書作者本身的論點來解釋所有問題的方法。雖然這種讀書方法非常簡單，成績卻能夠大幅提升。題庫也只要根據其中一本，反覆練習五次，因爲出題者會選擇重要的部分出題，所以只要將題目中「何者錯誤」的選項去除，將其餘「正確」的選項背下即可。當然，如果是「何者正確」的題目，就將正確的答案記下來。

以這種方式學習，不僅學習的量大幅減少，更重要的是可以用其中一種論點來解釋與答題，準備考試當然變得輕而易舉。

學生得到太多的影印講義與資料，但是沒有學到解釋這些題目的核心論點。如果能夠提供學生某種特定的論點，也許就能多加應用，但是補習班或學校卻只提供大量的資料，學生根本沒有自己的看法。所以就像我用在孩子身上的方式一樣，將大量只能使用一次的講義，或是無法練習到五次以上的講義丟掉。接著挑選品質優良的講義，要求孩子只要研讀這些資料五次以上。尤其建議先以參考書或自修研讀五次左右，確實建立答題論點後，再來看講義會比較好。

## 英文考試準備要領

那麼，現在就進入英文考試的準備要領。要在英文考試得到滿分，絕非難事。考試錯誤的部分幾乎都是一時失誤，並非真正的實力。首先，文法問題只會出現三、四題，因此不需要過多的準備，詳加研讀自修中出現的文法解說即可。所謂詳加研讀，也就是即使研讀時都能明白意思，仍必須研讀五次。

在回答自修中出現的題目時，便能體會這個文法所代表的意義。這樣的學習間隔二～三天後，再重新研讀五次，讓所學內容存入長期記憶。接下來試著練習題庫中出現的文法題。

正如前面所說，即使文法題可能以不同的角度出題，文法的核心也只有一個，試著想想為什麼會以這個方向出題。經過這些步驟後，間隔二〜三日，重新拿起自修練習題庫中的題目。重要的是練習完題庫後，不要把題庫擺在一旁，而是要反覆多次練習。如此一來，英文就不容易出錯。

近來國中或高中考試中，文章的前後關係、動詞的時態變化、連接詞、改錯等題目的比重有逐漸增加的趨勢，這是我針對考試要再三叮嚀的地方。其實只要背下課文，這些題目就能夠回答。也就是說，每一課課文的篇幅並不長，最好背熟後再上場考試。正如前面所說，考試制度本身不只是檢測實力到達什麼程度，也是規定一定的考試期間，作為學生提升實力的機會，希望以我現在所強調的方法學習的人，能將「考試期間就是最好的實力養成期間」謹記在心。

由於目前英文考試以教科書為主，缺乏鑑別度，因此我認為未來從教科書外出題的趨勢將會越來越明顯。因應這股趨勢最好的辦法，就是平時認真地大聲朗讀英文小說或童話故事。我們必須體認到不是只有考試才讀書，平時就應當持之以恆地以英文小說進行練習。這在其他科目也是一樣的道理，而英文更是如此。

# tip 英文考試準備要領

- 不只是英文，所有的學習都必須從設定「爲什麼」要學習開始。
- 比起只看過一次的大量講義，反覆研讀參考書或自修五次更好。
- 精選最精華的講義研讀五次。
- 英文考試準備要領

①將自修上的文法解說讀過五遍，吸收爲自己的東西。完成後回答文法題目。
②題庫也是一份練習五次。
③文章前後關係、動詞的時態變化、連接詞、改錯等題目的比重有逐漸增加的趨勢，只要將課文全部背起來，就能夠應付這些題目。
④爲因應課外出題的趨勢，平時最好認眞地大聲朗讀英文小說或童話故事。

# 必須深切了解英文的必要性

英文與科學、數學不同，是一門不可能忽然用不到，比重也不可能降低的科目，所以一定要勤學勤讀。更進一步來看，英文不只是應付考試的必需科目，它更是伴隨著整個人生的科目。在大企業要升到部門主管，也經常是根據英文能力來判斷。即使其他項目的人事考核可能睜一隻眼閉一隻眼，但是在英文方面絕不可能。所以儘管比重不大，英文在許多大企業卻是影響升遷的決定性關鍵。

兩年前小學堂主辦英文營時，有件事情一直令我無法忘懷。當時正進行參加者面談，一位個子高大、相貌堂堂的公子哥與媽媽一同前來。

「這位家長，貴子弟看起來應該是高中生了，怎麼會來參加呢？」

「是這樣的，其實這孩子是釜山菁英高中（譯註：全名爲釜山韓國科學菁英高中）一年級生，只因爲英文實在太差了。」

「我們英文營招生的對象爲小學生與國中生，這樣可以嗎？」

「這孩子在其他科目的表現都很傑出，還能考進釜山菁英高中，但是因爲英文太差，拖垮了所有科目，所以才下定決心要來參加英文集中教育。」

「國中階段沒有學英文嗎？」

「因爲入學考試科目沒有英文，就沒有特別用心準備。」

「那麼現在是什麼地方出現問題呢？」

「您也知道，在釜山菁英高中不是會讀原文的《Science》或《Nature》嗎？而且其他要讀的原文書也很多。可是這孩子英文不好，所以各科都遇到很大的問題。其實我也知道這個營隊是以小學生爲主，但是現在情況緊急，已經顧不得面子了。我也聽說過這個營隊辦得不錯。」

「如果是這樣，那就報名參加吧。只是我不知道這孩子可以堅持到什麼時候。」

接著我問那孩子：「可以堅持到底嗎？」他信心滿滿地回答：「可以！」然而這孩子的英文基礎實在不好，不得已只好編入程度稍高的小學高年級生中。也許是這孩子的意志相當堅決，立刻就答應了這個提議。

營隊開始後，這名學生相當投入其中。然而問題發生在一星期之後，因爲和同班的其他孩子處不來，這名學生在談話中洩漏了自己眞正的身分。

「大哥，你讀哪間學校？」

「嗯，我可是就讀釜山菁英高中。」

「哇，大哥讀這麼好的學校！但是，你爲什麼和我們小學生一起學英文？」

這次的事件發生後，學生母親來領回剩下課程的費用。雖然我希望這名學生學好英文，但是如果沒有英文營這個方法，又該如何解決他那棘手的英文問題呢？

當然學好英文不是指英文考試成績要好，而是要具備眞正優秀的英文實力。最近中小企業也經常派員到海外商業博覽會等地，英文表現傑出的人，被派出的機會當然相對較高。但是光只有英文好，並不代表所有表現都好。像中文這些重要性逐漸浮上檯面的語言，也要訓練到溝通無礙的程度，這不僅能貢獻自己所屬的公司，對個人也是非常有幫助的。

學好英文是非常重要的。但是我不認爲只有口說與聽力好，或是閱讀與聽力好，就代表英文好。所謂學好英文，不只是要能看懂重要的新聞或報紙，確實接收大眾媒體或他人的言論，掌握正確的資訊，並且表達自己的看法，還要與其他人有良好的溝通，甚至進一步寫好作文，提出優秀的書面報告。如果能夠做到這樣，這種人的英文實力必然是卓越不凡的。

達到這種程度的人，即使身在國際機構中，也會受到重用；即使身在國內，也一定會被交付與外國人往來的業務。那麼這種人的未來，就算形容爲光芒四射也不爲過。我要再次強調的是，英文絕對要好到無可挑剔。爲此所付出的努力，終有一天會得到回報。

# Chapter05

## 大聲說英文的最佳見證

每天大聲朗讀三、四個小時，
完全不管文法，專注聽力練習，
三個月之後，
結果語言程度幾乎等於在補習班上了一年左右的同學們……

# 我的學習見證

其實在建構大聲說英文學習法時，並沒有一套完整的理論支持，而是以我個人的方法，透過我本人與家中三個孩子非正式的實驗，得到了肯定的結果。因此家中三個孩子的例子當然不能漏掉。

創建這套大聲說英文學習法的契機，源於三十八歲時一次前往英國留學的機會。當時在英國整整留學一年的時間，在這之前，雖然沒有一定要學好英文的想法，但是多虧這次的機會，我與我的家人可以更接近英文一步。有些人聽到我的故事，總會說：「你的孩子曾經在英國住過一年，沒有道理不精通於英文的吧？」但是坦白說，如果只在當地學習一年的英文，那不過是比短期遊學要好一點的程度，另外從我家孩子的表現勝過待上三～五年的孩子來看，時間並非唯一改變整個情況的變數。

在進入大聲說英文學習法的成功經驗談前，我想先談談當時三十八歲的我，在什麼樣的機緣下接觸英文。

時值三十八歲的一九九九年七月初，忽然出現一個前往英國讀書一年的機會。因爲這個機會來得太突然，除了知道是一年的英國研究所碩士課程，其餘一無所知。爲了獲得更多資訊，我前往位於首爾貞洞的英國文化協會，在那裡買了IELTS（International English Language Testing System簡稱）（如果要前往大英國協留學，必須取得類似TOEFL考試的IELTS成績）模擬考題，自行做了測驗。多數英國研究所要求6・5分以上，而我在滿分10分中，只得到3・5分的成績，心中不禁感到絕望。

我想，在韓國準備留學，不如飛到英國直接解決來得快速，於是備齊了必要的文件，隻身飛往英國。我以倫敦認識的友人家作爲臨時連絡地址，接著四處拜訪設有與我主修領域相關科系的多數大學的入學負責人。

走遍英國各地的大學，不是我喜歡的大學不接受我，就是接受我的大學我不喜歡。而這些工業革命起源的都市不僅有其髒亂的一面，黑人與穆斯林也多，就連英文初學者的我，也聽得出他們的口音。

後來我到了位於南部港都普利茅斯北方的都市——艾克斯特（Exeter），立刻被眼前靜謐優美的景致所吸引，於是決定居住在這座都市，並拜訪艾克斯特大學的入學負責人。她得知我沒有獲得認可的英文成績後，依然願意提供我入學許可，只是有附加條件，必須在修完兩個月的語言課程後，獲得IELTS測驗7．0的分數。

雖然自己的留學很重要，但是我認爲這是讓孩子接觸其他文化再好不過的機會，就算沒有達到這個條件，無法成爲正式研究生也沒關係。因此我接受這個附加條件後，立刻飛回韓國，在一星期內完成所有出國手續，一九九九年七月底帶著全家人離開韓國，從秋季學期開始準備研究所。

雖然爲了IELTS測驗開始準備英文，但是距離上次在公司還能流利使用英文，也已經有六年以上的時間，所以一開始英文狀況並不好。於是我下定決心，要以過去學日文的方式來學英文。這種方式不必在意文法，只要反覆、持續地大聲朗讀數次，是非常簡單的方法。

過去學日文時，因爲考量到日文補習班的進度太慢，所以買來日文書與聽力錄音帶，每天大聲朗讀三、四個小時，完全不管文法，並專注於聽力練習，如此訓練約三個月。結果日文的程度幾乎等於在日文補習班學一年左右的同事。

我回想起了那段往事，於是每天從早上九點到下午三點上語言課程，下午四點到晚上十點約四、五個小時的時間，大聲朗讀從韓國帶過去的英文聖經。儘管又快又大聲地朗讀，導致口乾舌燥、喉嚨腫脹，但是考試在即，無法就此放棄。

聽力則是利用韓國帶過去的聽力資料，每天反覆聽一個小時以上。經過兩個月的準備後，終於來到正式IELTS測驗。成績發表後，結果正好就是入學負責人要求的7．0分。

透過這種方式培養的英文威力，在開學後逐漸發揮出來。我們班上共有四十位學生，除了四位英國學生外，其餘爲亞洲人、東歐人、非洲人。令人非常驚訝的是，除了英國學生外，班上年紀最大的我，英文竟然是最好的。我不但經常以組長的身分發表報告，更常與教授辯論。這些事情傳開後，我被認爲是唯一敢在上課時間發言的韓國學生。

至於主修科目的專業書籍，也都以大聲朗讀的方式掌握內容。由於英國研究所課程爲期一年，每三個月爲一學期，相對需要閱讀的量非常龐大。這所有的資料又大多以嘴巴大聲朗讀過，所以在課程結束前，我的喉嚨總是又乾又渴。即使如此，我從未有過無法以英文溝通的經驗。

透過這種方式達到學習效果的我，也開始以大聲說英文學習法在孩子身上進行實驗。

# 三兄妹的一年

起初接受艾克斯特大學頗有挑戰性的附加條件，都是爲了家中的孩子。既然來到這個可以學好英文的環境，就要充實地度過這一年，這是我的目標。爲了在英國這塊土地達到精通英文的遠大目標，我在準備IELTS的兩個月之間，也讓孩子背了國中程度的一千八百多個單字。

當時孩子各爲十二歲、十一歲、八歲，這個目標對他們而言多少有些吃力，不過每到晚上十一、二點，一定要確認是否背好當天該背的單字。反覆累積地背單字，當然是讓短期記憶進入長期記憶的最佳辦法。幸好孩子都很聽話，在兩個月過後，幾乎都把一千八百多個單字背起來了。

接著得爲孩子尋找英文教材了。爲了引起他們的學習動機，我試著尋找能讓他們對接下來的內容發展感到好奇、不忍釋卷的書。當時沒有任何英文書籍的相關資訊，只好親自到英國書店，開始尋找看起來似乎最有趣，可以完全引發孩子好奇心的書。經過三、四個小時後，我手中拿著的書是羅爾德．達爾的《巧克力冒險工廠》，在我看來是一本相當有趣的書。但是這本書字體小，頁數又超過一百五十頁，不禁懷疑孩子們是否能夠將它讀完。

總之買下這本書後，開始讓孩子們大聲朗讀。即使理解度為5%、10%，甚至是0%，無論如何都要到爸爸房間來大聲朗讀，這就是我要求孩子們的原則。看到我準備IELTS時大聲朗讀的模樣，孩子們自然而然開始跟著我的動作大聲朗讀起來。

這個方法對孩子們也有效果。大兒子不到一個月便開始能夠理解，笑得花枝亂顫；又過了大約十五天，已經完全能夠理解《巧克力冒險工廠》的內容，覺得不那麼有趣了，要求我再買羅爾德．達爾的其他書籍。

二女兒在接下來的十五天後，也出現同樣的情況，最慢的是當時小學一年級的小兒子，在這種強力的訓練下，即使韓文的發音還不太標準，仍然咬牙苦撐下去，終於在一個月後，和哥哥姐姐一樣辦到了。最後孩子們在兩個月內破除了英文的魔咒。

之後依序買給孩子羅爾德．達爾的其他十本書、C．S．路易斯的《納尼亞傳奇》、

J．K．羅琳的《哈利波特》、布萊恩．賈奎斯（Brian Jacques）的《紅牆》（Red wall）系列與賈桂琳．威爾森（Jacqueline Wilson）的書籍，讓他們閱讀兩到三次。

我原本以爲，受類自閉症之苦的小兒子，在英文教育中也會遭遇極大的障礙。因爲對特定事物有嚴重的偏執，即使上了小學一年級，也要帶著熊熊玩偶去上學，但是令人驚訝的是，自從小兒子發現了英文書的趣味後，開始執著於英文書。簡單來說，就是瘋狂著迷於英文。所以每次去逛書店，小兒子便挑選自己感興趣的科學書，將這些書買回家後，立刻發狂似地讀了起來。

原本設定一年內要完全學好英文的遠大目標，開始讓孩子們閱讀英文書，沒想到孩子們的程度與日俱增，在寒假結束後，大兒子的英文達到比普通英國孩子還要好的程度；兩個月後，二女兒和小兒子也都超過英國孩子的程度。

回到韓國後，只要讓二女兒寫四、五頁篇幅的小說，她可以立刻發揮自己的想像力，在沒有英文文法或詞彙選擇的困難下，順利完成一篇密密麻麻的作文。

# 二女兒的學習歷程

二女兒是個非常平凡的孩子。只是提早體會讀書不是靠腦袋，而是靠屁股的道理。我相信長時間坐在椅子上讀書，大聲朗讀時注意前後文意的連貫，如此自然能夠體會意思。二女兒的模樣與我如出一轍。

女兒國二第一學期的期中考，在全班排名第八，我立刻提議下一次期末考和爸爸一起準備。當時她利用後來才聲名大噪的「自我主導學習法」，在期末考前二十天與我一同訂定計畫，考前十五天開始徹底實踐，結果在第一學期的期末考達到全班第一。接著四個月後的第二學期期末考拿下全校第一。

換言之，原本全班排名第八的孩子，在七個月內拿下全校第一。

二女兒就讀位於軍浦市山本的普通高中，經常讓老師和朋友感到訝異。因爲到高三都還無法分辨現在分詞與動名詞的孩子，英文考試總是全校第一名，模擬考英文科只要二十分鐘便寫完全部題目。身邊的人都不知道，**這一切源自於大聲說英文學習法**。

我與內人都希望二女兒像哥哥一樣前往美國留學。然而在軍浦市的一般人文高中內，無法得到任何人的幫助，準備SAT或AP（Advanced Placement簡稱，意指美國大學一年級先修課程）也不是容易的事。曾就讀民族史觀高中的大兒子，因爲校內有教授SAT與AP的課程，所以準備時沒有遭遇太大困難，但是二女兒卻一籌莫展。

雖然知道江南有不少補習班，但是家中情況不允許，許多補習班也沒有開設二女兒希望的科目，再加上來回山本與江南的舟車勞頓，對二女兒來說相當辛苦。

正如前面所說，女兒是用屁股讀書的類型。只要她坐到書桌前，一定認眞埋首書中，沒有超過兩三小時絕不起身。如果要用另一種方式來形容女兒讀書的過程，那就是**反覆、反覆、再反覆**。**我經常讓家中的孩子反覆閱讀每個科目最重要的一本書**。當然，重要的地方要以螢光筆標示起來，這已不須贅述。所有重要的書至少要閱讀五次。

總而言之，就是全神貫注在書上，一遍又一遍咬緊牙關朗讀下去。結果在二〇〇五年五月所考的AP其中兩科得到滿分，二〇〇八年十二月所考的SAT獲得將近2100分的成績。

出身社會組的女兒，早已決定主修藥學。由於美國是社會統計學發達的國家，幾乎所有職業的起薪都已公開，女兒表示藥劑師（零售藥劑師）的平均起薪超過十一萬美元，即使是社會組出身，也願意學習全新的理工科目，挑戰高分。

二女兒對於薪資如此敏感，乃是曾經眼見我在事業如日中天時雖然順遂，但是事業失敗或面臨困境時，卻必須獨自一人度過那段艱苦的歲月。因此社會組出身的女兒，決定即使靠自己的力量研讀理工科目，也要尋找一份穩定的工作。知道她這個想法後，我心中有一份難以言說的愧疚。

無論如何，女兒勢必得重新學習新的理工科目。除了數學之外，生物與化學等科目，都必須靠自己學習、獨自解決困難。尤其女兒爲了學好專攻藥學不可或缺的生物與化學科，特地在ＡＰ測驗中選擇生物與化學，並且獲得高分，同樣的科目在ＳＡＴ測驗中，也獲得不錯的成績。

女兒參加普渡大學、華盛頓州立大學、德克薩斯州立大學、威廉瑪麗學院以及萊斯大學等校的招考，獲得多數學校的入學許可。我們參考二〇〇九年三月的《USA News & World Report》所發表的美國大學排名，選擇了位於德州休士頓、排名全美大學第十七的萊斯大學。

萊斯大學鮮爲韓國人所知，那是因爲包含研究生在內，全校學生人數只有五千人。學生與教授比只有5：1，學校周邊的環境也相當優美。知道的人都把這座大學稱爲「南部的哈佛大學」。大兒子認爲自己的妹妹到規模較大的大學，可能會適應不良，因此極力贊成到萊斯大學就讀。

女兒在網路上得知考上萊斯大學的學生有一個聚會，於是前往參加，發現那裡都是畢業於民族史觀高中、大元外語高中等知名外語高中的學生，畢業於普通高中的似乎只有自己一人，內心相當不安。

小兒子看到姐姐這樣，開玩笑說自己不想活了。小兒子原以爲自己在英文等各方面都比姐姐表現要好，但是姐姐卻進了萊斯大學，那自己是不是也要達到像哥哥一樣的程度才行，因此半擔心半開玩笑的說出那樣的話。

透過二女兒的例子，我想告訴各位讀者：即使畢業於普通高中，幾乎沒有上任何補習班，也能夠進入全美排名第十七的大學。

如果有情況與我女兒相同的學生也想要嘗試，這並非不可能的任務。尤其是頭腦特別好的學生，更有無限的可能。因爲我家女兒的頭腦很普通，卻也能夠達到這般成就。

只是在這種情況下，重要的是做好推甄成績的掌控，同時也要多從事志工活動。因爲韓國的大學入學考試與推甄考試制度非常不同，如果能下定決心維持好在校成績，那麼在推甄要得到好的分數，就不是難事。由於多數學生都把讀書的重心放在入學考試，相對的就疏忽了在校成績。美國大學基本上會看過去四年的在校成績，所以如果想要進入美國不錯的大學，從國三開始，就要盡全力把在校成績考好。

有趣的是，大兒子與二女兒都能輕鬆寫出入學時的英文作文，原因在於大兒子小時候的故事。大兒子在寫作文時，寫下自己三歲前還像個禿頭一樣，爸爸因此向公司遞出辭呈，一年來帶著自己往來首爾大學醫院的禿頭門診治療；還有自己就讀民族史觀高中時，讀書讀到再度禿頭的事情，並且對當時的心情多所著墨，似乎帶給審查委員頗深的感染力。

女兒在寫作文時，以哥哥曾經禿頭的案例作爲自己必須主修藥學的原因（女兒先通過了生化學系與細胞生物學系，因爲美國的藥學院爲六、七年制，藥學必須在研究所時選修），並希望自己能夠深入研究這個領域。這樣的故事似乎打動了審查委員，多麼有趣的故事呵！

# 小兒子的學習歷程

最後是令我感到相當驕傲的小兒子。

小兒子忍受十多年的類自閉症之苦，最後從普通的國中畢業。我們並不打算把他送進資優高中，因此從沒有上過補習班。後來因爲小兒子無法與其他孩子融洽相處，在國二期末家裡收到了學校寄來的家庭通知單，我開始思考小兒子進入一般人文高中，可能遭到其他孩子嘲笑與疏離。於是在升上三年級後，我們才臨時決定以英文資優生的身分挑戰外語高中，因爲以正常入學考試進入外語高中的可能性幾乎爲零（小兒子英文非常好，數學與國語完全不行）。

由於小兒子推甄成績幾乎接近第四級（譯註：韓國推甄成績共分爲九級，第一級爲最高），在校內成績中失掉的4～5分，一定得用學校認證的英文成績來補足才行，因此開始讓他讀《國際先鋒論壇報》，我認爲這是提高TOEIC分數最好的教材。幸好小兒子在二〇〇七年八月舉行的第一次TOEIC測驗中，獲得９９０分的滿分，換算下來可以得到10分。

如今在英文資優生甄試中，最後剩下的就是英文寫作了。於是我在小兒子最後剩下的兩個多月當中，讓他閱讀英文經典名著與哥哥留下的英文書，順便實驗大聲說英文學習法的效果，作文寫作練習則留在考前十五天前開始，每天練習十題作文寫作。

經過兩個月的事前練習，開始每天給小兒子出十題作文題目，五題在學校寫，五題在我身邊寫，並且給予寫作指導。

終於考完試回家的小兒子，告訴我作文題目與練習過的其中一題相似，加上自己讀過兩次哥哥留下的大學用書《心理學概論》（Introduction to Psychology），其中有些不錯的例子，因此加以引用描述。考試題目爲〈內在動機與外在動機〉，而小兒子引用該書中提到的蘇格蘭實驗。仔細了解後，原來是蘇格蘭大學教授進行的動機相關實驗，他們將一個班分成兩組，其中一組在表現好時發給披薩，另一組沒有任何的獎勵。一開始得到獎勵的組別成績表現良好，經過幾個月後取消獎勵，原本得到披薩的組別成績大幅下滑。也因此小兒子能輕鬆地完成作文，聽完他的說明，我判斷沒有再準備其他外語高中的必要，於是讓小兒子先休息一陣子。之後學校果然通知小兒子通過了明智外語高中（現京畿外語高中）的入學許可。

小兒子進入明智外語高中就讀後，展開了寄宿生活，開始學著與其他孩子交往，類自閉症的相關症狀每週每週漸漸消失不見。如今不僅與其他孩子相處融洽，也和我建立可以互開玩笑的關係。原本在位於軍浦的國中排名百名左右的孩子，在國三開始準備考試，第一次TOEIC測驗就獲得990分的滿分，並通過外語高中的入學許可，至今我仍感動不已。

能夠達到這樣，最重要的是沒有上補習班，努力不懈地透過嘴巴練習養成語感，同時增加讀書量或英文新聞的閱讀量，培養批判性思考能力，更要大量背單字。

我認爲小兒子擺脫類自閉症的濫觴，是在英國生活的那段時間。從這點來看，眞要深深感謝英國教育。英國學校的老師們不斷激勵我家孩子發表意見，後來拜訪英國學校的老師們，得知小兒子曾在班上提出類似這樣的問題，誇獎了小兒子一番。

那似乎是在一堂「光線的折射」課上所發生的事。當時老師將水倒入玻璃杯內，正說明湯匙爲什麼看起來會變大，原因在於光線的折射等。這時小兒子忽然舉手。

「老師，我有問題。」

「Tom，什麼問題？」
「老師，杯子是用什麼做的呢？」
「哇，Tom，這是個好問題，各位也聽好囉。你們到海邊不是會看到很多沙子嗎？那些沙子就稱爲石英沙，杯子就是以這個爲原料製造的。」
如果在韓國提出這種毫無頭緒的問題，全班同學會有什麼反應呢？大概會哄堂大笑，拍著桌子嘲笑那位學生吧。然而這裡與韓國在文化上似乎有著非常大的差距，所有學生都聚精會神地聽著老師上課。總之在英國，小兒子可以消除對發問的恐懼，更因此得以擺脫自閉的困擾。

# 大兒子的學習歷程

我和內人不是有志於學術的人，因此打算研究所課程結束後，便攜家帶眷飛回韓國。可是大兒子卻請求我們讓他留在英國繼續學業，即使獨自一人也沒關係。儘管我們夫婦倆委婉地拒絕了，大兒子依然抱持著堅定的信念。

二〇〇〇年四月底，大兒子連法國的家族旅遊都沒有參加，在英國專心準備全國會考。他在學期末結束時，拿著各科獲得最高分數的成績單，誠懇地拜託我讓他留在英國一陣子。我拗不過努力到這個程度的大兒子，於是註冊了一所名爲「Mount House」的寄宿學校，其餘家人在八月中旬回國。

大兒子即使與我們分隔兩地，也很能適應當地生活。他連續三個學期獲得「成績表現優良，未來大有可爲」評語的成績單，除了一次沉迷於電玩遊戲之外。在英國正規教育之外，課外活動也相當興盛，因此大兒子習得鋼琴、長笛、游泳等才藝。我們夫婦倆都認爲，如果當初待在韓國，應該會被課業壓得喘不過氣吧，幸好沒有變成這樣。

大兒子爲了繼續待在優良的英文教育環境中學習，又來找我討論。他問我，如果通過了曾經培養出溫士頓・邱吉爾等六名首相、劍橋與牛津大學合格率達30～40％的哈羅公學（Harrow School），我是否能提供學費。我在網路上確認這些資訊後，答應如果通過入學許可，就資助學費。

問題是其他英國小孩爲了進入以考試選出的五十個名額當中，四、五年來努力讀書，而大兒子有可能在僅剩的一年三個月內通過考試嗎？對於我的問題，大兒子表示當然會全力以赴。

二〇〇二年三月初，成功獲得哈羅公學的入學許可後，大兒子早已因爲壓力過大，罹患圓形脫毛症（譯註：俗稱鬼剃頭），外表看來相當憔悴。爲了慰勞辛苦的兒子，於是帶他到樂高樂園，至今我仍無法忘記當時大兒子開朗歡笑的模樣。雖然仍是喜歡玩遊樂設施的小小年紀，卻已能戰勝自己，努力到出現圓形脫毛症，確實令我感到相當敬佩。

對於秋季學期開始就讀哈羅公學的大兒子來說，有太多課外活動吸引他的興趣。他在射擊班上得到第一名，並且獲選爲射擊代表選手，參加與伊頓公學的比賽。

尤其升上二年級後，英文程度更排名全年級學生中的前10%。在人才濟濟的哈羅公學學生中獲得這樣的成績，讓我再次確信英文教育非大聲說英文學習法不可的事實。

然而大兒子的留學在二〇〇四年被迫停止。因爲我的事業陷入危機，大兒子的學費也無力支付下去，最後在那年三月要求十六歲的兒子回國。當時民族史觀高中正好有甄選轉學生的公告。根據公告內容，民族班招收一、二年級，海外班只招收二年級，考試科目爲英文、數學筆試。我們夫婦倆認爲民族史觀高中也是不輸哈羅公學的學校，因此力勸大兒子參加這次考試。

大兒子可以參加的考試，當然只有海外班二年級的甄選。因爲準備考試的時間並不充分，來不及做好萬全的準備，只好趕鴨子上架，結果卻通過了。所以年齡原本是一年級的大兒子，成了二年級學生，於六月開始上學。

起初大兒子似乎不太能適應，吃足了苦頭。後來在第二學期恢復了原本不服輸的個性，開始眞正用功讀書。每個月其中一次星期五回家，星期六再睡一天，星期日起床後又立刻回到學校。

大兒子將自己在英國表現不錯的科目當作必勝的籌碼，集中攻讀英文、歷史、生物學、法語等。並且在民族史觀高中成立歷史社團，帶領這個社團。

大兒子甚至被稱爲是民族史觀高中教歷史的德國老師的愛將，在歷史領域的表現出類拔萃。這位德國老師的歷史教得非常好，有條有理，但是與韓國老師不同的是，每當有學生要求寫推薦信時，總是按照眞正的情況來寫，所以他是學生寫推薦信時盡量避免的頭號人物。然而大兒子在準備大學入學申請書時，這位老師卻主動爲他寫推薦信。

過了七個月後，大兒子就是高三學生了，可說是高一學生在七個月內升格爲高三學生。大兒子在二〇〇五年五月舉辦的ＡＰ測驗中，有五科獲得不錯的成績，因此對美國考試產生了信心。在十月舉辦的ＳＡＴ測驗中，更獲得２３４０分，爲民族史觀高中的男生榜首。

十一月開始寫申請書時，大兒子又來與我協調。大兒子表示只能考到康乃爾大學，而我希望他能進入哈佛、耶魯、普林斯頓其中一所大學。我讓他仔細回想在英國所花費的學費，以及未來七年多所需的花費，明明白白地告訴他，如果是康乃爾大學的話，就沒有必要花費這麼多的金錢。大兒子說，因爲上一年度通過十一所以上美國名校的學生，消耗太多韓國人的名額，所以家長們決定在大學定期招生中不再塡寫三、四所以上的學校；再加上自己高中只讀了一年半，沒有豐富的經歷可以寫進申請書內，要通過爸爸期望的學校非常困難，只有康乃爾大學最適合自己。

我們父子倆之後有十天沒有交談。最後由兒子打破僵局，提出新的方案。如果能讓自己在康乃爾大學的學士班主修自己期望的科系，研究所的科系就照爸爸的意思。

大兒子所說的研究所科系，正是法學院。根據我在證券公司工作所觀察到的現象，大規模的企業併購或國家間的貿易問題，都是透過律師居中磋商協調，因此經常向大兒子透露希望他專攻這個領域的期待。

這個新的方案頗爲合理，於是獲准得隨時申請康乃爾大學後，又通過了入學許可。大兒子前往美國後，第一次與其他孩子站在同一條起點上。

第一學期結束後，大兒子獲得4・0的滿分，眞讓人不敢相信。4・0的分數不是那麼容易取得的啊……。當大兒子告訴我，有時教授身體不適停課的話，他會躲在學校銅像後面補眠；也曾經長時間待在圖書館讀書，因爲腰痛而住院；或是熬夜三、四天，啃完教授規定一定要讀完、多達六、七百頁的書等生活情況時，雖然是我自己的孩子，也不禁對這樣的努力欽佩不已。

大兒子的阿拉伯文課修了四個學期，正如學習英文一樣，阿拉伯文也是透過大聲說英文學習法學成的，據說阿拉伯文拿到滿分是家常便飯的事。有一次阿拉伯文系教授詢問大兒子，是否有意願前往阿拉伯修讀阿拉伯文的中東史課程，如果接受這項提議的話，二〇〇八年秋季學期必須到約旦大學修讀十六學分的阿拉伯文課程。當大兒子詢問我的看法時，我立刻爽快地答應，鼓勵他這是一個絕佳的機會。

二年級結束後，大兒子以阿拉伯文資優生的身分，獲得阿拉伯文系系主任的獎狀與一百美元的零用金，出發前往阿拉伯。二〇〇八年秋季學期在國立約旦大學獲得中東史16學分後，在駐約旦韓國大使館KOICA（Korea International Cooperation Agency簡稱）的約旦分處以實習生身分擔任教官，訓練從韓國前來從事志工活動的人，聯結需要這些志工資源的政府機關與公共機關，並且在一天的行程後，爲當地負責人與韓國人評分。如今已回到康乃爾大學。

# 透過這種方法學習的學生們

聽到我家孩子的故事，許多人共同的第一個反應是：因爲你家孩子天生就有學好英文的優秀天分吧！如果只看我家三個孩子，或許可能有這種想法，但是如果從我經營的小學堂內，孩子們令人難以置信的英文學習成效來看，就可以確定不只是對我家孩子才有效果。

在開始經營小學堂後不久，因爲我們的小學堂與其他補習班很不一樣，以生動有趣的小說爲教材，增加單字訓練的強度，以嘴巴學習爲重心，所以成績很快就看得見進步，這樣的消息一傳十、十傳百，學生們開始主動上門。

透過適當的競爭與獎勵刺激學生，同時學生們也確實完成我指派的作業，因此英文實力在短時間內開始提升。這些顯著的成果在口耳相傳下，不到一年的時間，我所經營的小學堂就超過百位學生。以下分享其中幾位學生的學習歷程。

小學五年級的金仁燮學生，他的錄音作業總是超出我指派的七遍錄音作業許多，讓我非常開心，最後他以土生土長的韓國孩子身分，於二〇〇八年通過清心國際中學入學評可，展現出驚人的氣勢。

還有一位於二〇〇九年通過民族史觀高中的金詩佑學生，與仁燮的情況頗爲類似，是一位了解用屁股讀書此一道理的學生。如果要求繳交錄音作業，最後交出的作業量總比指派的更多。單字考試當然也得到最高的分數。詩佑與仁燮一樣是道道地地的韓國人，卻能通過民族史觀高中的入學許可。

以這個方法學習的多數學生，英文實力皆有顯著的提升。當然，也有打定主意完全不想學習的學生，這些人最後只得被我請出補習班，或是自己決定離開。

因爲小學堂的空間不大，在補習班開業後，我開發了一套學習計畫，從小學三到六年級學生中選出十二個人，一天六小時、每週六天、連續六個月閱讀《巧克力冒險工廠》、《納尼亞傳奇》七本、《哈利波特》三本等書。另外每天要看一集美國影集，整個計畫大約背五千多個單字；另外沒有回家作業，在家裡好好休息即可。

按照這個學習計畫進行的學生，在短期內都可以達到一定的程度。在六年級初達到頂尖大學生程度的鎭宇；當時雖然是四年級，卻已經有大學生以上程度的東奎；只是五年級生，卻已經有大學生實力的淵智；四年級學生，程度卻已超越大學生的泰民；還有小學四年級到我們小學堂上不到六個月，已經能夠流利閱讀成人版英文聖經，讓全家人相當驚訝的惠敏等。

如果徹底執行大聲說英文學習法，卻沒有出現這樣的效果，那絕對是不正常的。

曾經在網路上看到某些人張貼的文章，內容提出幾種學英文的方法，並宣稱這是提升英文實力的劃時代秘訣。從這些人的立場來看，文章的說法確實相當合理。內容不外乎是不要學文法，不要翻譯成韓文再閱讀等等。我也認爲這樣的說法非常合理，但是該文章下方的回應卻充滿許多人身攻擊的字眼。從「你自己學過文法，當然會說不學文法也沒關係。」到「你沒有翻譯成韓文，不了解文章的意思也讀得下去啊？」各式各樣的批評多達上百則。

會這樣批評的人，完全沒有體會到張貼文章者的本意，只是隨意謾罵攻擊。然而站在我的立場看來，這些說法當然非常合理。

因爲經常到美國出差，徹底了解曾讓我感到挫折的文法所帶來的英文無力感，所以在教家中小孩英文時，下定決心不教文法，並且在往後的十多年中確實遵守。

就像前面曾經提到的，二女兒即使到了高三，也無法分辨現在分詞與動名詞，甚至連更深入的分詞構句或假設法等都搞不清楚；國三第一次考TOEIC就獲得滿分990分的小兒子，在國中畢業之前，連非人稱主語都搞不懂。也許到現在都還不知道。

然而二女兒堅持不放棄連韓文版都晦澀難懂的超現實主義代表作，同時也是自己哥哥差點要放棄的維吉尼亞・吳爾芙的《燈塔行》，硬是把它讀完，至於平常頁數達五、六百頁的書籍，閱讀時也沒有太大的困難。當我詢問讀完《燈塔行》有什麼樣的感受時，二女兒話中有話地說：「之後再也不想要看到維吉尼亞・吳爾芙的作品了……。」同樣的，小兒子也輕鬆讀完這一類的書籍。

那麼，難道是我家孩子學過文法，所以才有可能辦到嗎？到目前爲止，三個小孩完全不懂韓國式的英文文法或韓國式的直讀直解。坦白說，在三十八歲以後，我開始能夠流利使用英文，並且能夠更快速閱讀英文書籍，並非我在這段時間更用功學習文法的關係，而是因爲沒有花心思在文法上，只有更大量練習快速閱讀與收聽，才達到幾乎反射性脫口而出的程度。

正如前面所說，韓國大學模擬考的英文科，二女兒只花了二十分鐘就全部寫完，這也是因爲沒有翻譯成韓文，而是直接以英文理解英文才有可能的，如果要翻譯成韓文的話，三十分鐘內絕對不可能寫完題目。

【結語】

# 一定要改變

我在短時間內，以激昂的情緒寫完本書。也許是對於過去這段時間的教育政策、行爲科學、學生指導方式、英文教育等，有太多的想法，所以能在短時間內一氣呵成地寫完。同樣的，我還有一些話想說。

首先，對於因爲這些文章而曾遭受傷害的人，我要致上最誠摯的歉意。如果因爲實施以文法或解題爲主的英文教育，而被別人認爲是頑固守舊，我必須澄清這絕非我的本意。我擔心原本想要分享輕鬆、快樂學好英文的好意，會引發不必要的誤會。

不過也不是因爲這樣，就代表那些人可以繼續以舊有的方式教授英文，一定要改變爲正確的方式才行。然而截至目前爲止，要讓英文老師以新的方式教授英文，卻不是那麼容易的事。我眞正想強調的是，這些教育者其實站在比其他人更有利的位置上。如果在上英文課之前，要求孩子先在家將今天要教的內容大聲朗讀3～5遍，那麼要達到與孩子一起以英文進行課程的程度，就一點也不困難。如此一來，便可立刻感受到我至今不斷強調的部分已有所改善。

如今將是我要結束本書的時候了。

我相信學習一種語言時，一定要具備兩項條件，即正確的方法與個人的耐性，如果不具備這兩項條件，絕對無法達到以該語言和他人流利溝通的程度。期望各位讀者透過本書所讀的內容學習正確的態度，並以個人的耐性徹底學好英文。

國家圖書館出版品預行編目資料

我要把英文學好 / 郭世運著；林侑毅譯.——初版
——臺北市：大田，2012.09
面；公分.——（Creative；036）

ISBN 978-986-179-259-0（平裝）

805.1 101012848

Creative 036

# 我要把英文學好

郭世運◎著
林侑毅◎譯

出版者：大田出版有限公司
台北市106羅斯福路二段95號4樓之3
E-mail：titan3@ms22.hinet.net
http：//www.titan3.com.tw
編輯部專線（02）23696315
傳眞（02）23691275
【如果您對本書或本出版公司有任何意見，歡迎來電】
行政院新聞局版台業字第397號
法律顧問：甘龍強律師

總編輯：莊培園
主編：蔡鳳儀　編輯：蔡曉玲
企劃統籌：李嘉琪　網路統籌：蔡雅如
美術設計：陳怡絜　校對：陳佩伶 / 蘇淑惠 / 林侑毅
承製：知己圖書股份有限公司・（04）23581803
初版：2012年（民101）九月三十日
定價：新台幣 280 元

總經銷：知己圖書股份有限公司
（台北公司）台北市106羅斯福路二段95號4樓之3
電話：（02）23672044・23672047・傳眞：（02）23635741
郵政劃撥：15060393
（台中公司）台中市407工業30路1號
電話：（04）23595819・傳眞：（04）23595493

國際書碼：ISBN 978-986-179-259-0 / CIP：805.1 / 101012848
Printed in Taiwan

Shouting English Learning Method
Written by Kwak, Se Woon

Original Korean edition was published by Dasan Books Co., Ltd.

Traditional Chinese language edition is published by arrangement with Dasan Books Co., Ltd.

| 廣 | 告 | 回 | 郵 |
|---|---|---|---|
| 北區郵政管理局登記證北台字1764號 | | | |
| 免 | 貼 | 郵 | 票 |

From 地址：………………………………

姓名：………………………………

＊請沿虛線剪下，對摺裝訂寄回，謝謝！

To 大田出版有限公司　編輯部收


地址：台北市 106 羅斯福路二段 95 號 4 樓之 3

電話：(02) 23696315-6　傳真：(02) 23691275

E-mail：titan3@ms22.hinet.net


# 大田精美小禮物等著你！

只要在回函卡背面留下正確的姓名、E-mail和聯絡地址，

並寄回大田出版社，

你有機會得到大田精美的小禮物！

得獎名單每雙月10日，

將公布於大田出版「編輯病」部落格，

請密切注意！

大田編輯病部落格：http：//titan3.pixnet.net/blog/

智　慧　與　美　麗　的　許　諾　之　地

*請沿虛線剪下，對摺裝訂寄回，謝謝！

## 讀 者 回 函

**你可能是各種年齡、各種職業、各種學校、各種收入的代表，**
**這些社會身分雖然不重要，但是，我們希望在下一本書中也能找到你。**

**名字／**＿＿＿＿＿＿ **性別**／□女 □男 **出生**／＿＿＿年＿＿＿月＿＿＿日

**教育程度／**

**職業：**□ 學生□ 教師□ 內勤職員□ 家庭主婦 □ SOHO族□ 企業主管
□ 服務業□ 製造業□ 醫藥護理□ 軍警□ 資訊業□ 銷售業務
□ 其他＿＿＿＿＿＿＿＿＿＿

E-mail/＿＿＿＿＿＿＿＿＿＿ **電話**／＿＿＿＿＿＿＿＿

**聯絡地址：**

**你如何發現這本書的？** **書名：我要把英文學好**

□書店閒逛時＿＿＿＿書店 □不小心在網路書站看到（哪一家網路書店？）＿＿＿＿
□朋友的男朋友(女朋友)灑狗血推薦 □大田電子報或編輯病部落格 □大田FB粉絲專頁
□部落格版主推薦＿＿＿＿＿＿＿＿＿＿
□其他各種可能 ，是編輯沒想到的＿＿＿＿＿＿＿＿＿＿

**你或許常常愛上新的咖啡廣告、新的偶像明星、新的衣服、新的香水……**
**但是，你怎麼愛上一本新書的？**

□我覺得還滿便宜的啦！ □我被內容感動 □我對本書作者的作品有蒐集癖
□我最喜歡有贈品的書 □老實講「貴出版社」的整體包裝還滿合我意的 □以上皆非
□可能還有其他說法，請告訴我們你的說法
＿＿＿＿＿＿＿＿＿＿＿＿＿＿＿＿＿＿＿＿

**你一定有不同凡響的閱讀嗜好，請告訴我們：**

□哲學 □心理學 □宗教 □自然生態 □流行趨勢 □醫療保健 □ 財經企管□ 史地□ 傳記
□ 文學□ 散文□ 原住民 □ 小說□ 親子叢書□ 休閒旅遊□ 其他＿＿＿＿＿＿＿＿

**你對於紙本書以及電子書一起出版時，你會先選擇購買**

□ 紙本書□ 電子書□ 其他＿＿＿＿＿＿＿＿＿＿

**如果本書出版電子版，你會購買嗎？**

□ 會□ 不會□ 其他＿＿＿＿＿＿＿＿＿＿

**你認為電子書有哪些品項讓你想要購買？**

□ 純文學小說□ 輕小說□ 圖文書□ 旅遊資訊□ 心理勵志□ 語言學習□ 美容保養
□ 服裝搭配□ 攝影□ 寵物□ 其他＿＿＿＿＿＿＿＿＿＿

**請說出對本書的其他意見：**

**大田出版有限公司編輯部 感謝您！**